胖卡咖啡館，獻給不需要這世界的你

瓦力——著

推薦文

（以來稿順序排列）

「瓦力開了一間很多人都夢想的咖啡館，可以用音樂和故事相遇。就在這裡，第一個故事，愛說謊的小玉，就讓我起了好幾次雞皮疙瘩。夢想咖啡館和二手唱片行，音樂相伴的哀戚中年，深埋人心的情感被不經意出土，這等滋味，千金難買。」——鴻鴻（詩人、導演）

「走進瓦力唱片行，我才發現音樂裡的每塊瓦礫都在發光。」——許常德（知名音樂人）

「每一段生命中曾經深刻的畫面，你應該都有一段腦中自然浮現出的配樂吧？是青澀社團歲月裡的惆悵期盼，還是老夫老妻山盟海誓後的柴米油鹽？而那些音符總會伴著記憶，在腦海裡不斷地播放著。

透過『最會用音樂說故事的人』瓦力筆下一篇篇的文字，再次回顧與投影出我們自己的成長歲月，別忘了，這本書是有聲音的，那些身歷其境的文章可是要搭配著一曲曲瓦力給的動人樂章，那才是真的叫過癮！」——魏廣晧（國立東華大學音樂學系副教授）

「歡迎來到『胖卡咖啡館』，免投幣，搭上故事交換機。

地球上，任何事物都可以發出聲音；我們可以捏著鼻子，避掉難受的氣味；闔上雙眼，躲開難看的東西；可是矇著耳朵，受不了的聲波，依然會如波浪般迴繞在耳際，衝擊腦子，使我們無所遁逃。

瓦力太清楚聲音的力量，居然可以再三用音樂來說故事。銜著音樂的故事來交換咖啡，《胖卡咖啡館，獻給不需要這世界的你》的短篇小說集裡，每一篇都蘊藏好幾首樂曲，樂曲引導人物與故事登場，每一首樂章都像一封書信，寫給惘然的、悵然的、遺憾的、思念的、忘卻的或是寫給回不去的。

讀著每篇故事，不禁想起小川系的小說，代寫書信，每封書信都承載一段生命故事。繼而不自覺地搜尋起他所提到的每一首樂曲、歌曲，心裡跟著喃喃、唧唧、瑟瑟低語，讀者在字裡行間與音符流動間，不自覺也把自己的故事交換進去了，而我們的故事可以跟瓦力交換嗎？」——古碧玲（字耕農）

推薦序

輕盈如歌，重深如歌

文／盧建彰（廣告導演，作者）

我很留心自己讀的東西，因為我相信人終究只拿得出裝進去的東西。

我盡量多讀，但也盡量少讀。

我盡量多讀好的東西，好讓自己可以得到很多故事，並且因為這些故事被幫助被療癒被按摩被輕輕地摸頭，你知道，我已經沒有什麼機會被摸頭了，除了我自己。

我盡量少讀不太營養的東西，那種滿是刻薄還有尖酸自以為聰明地銷售仇恨好賺取流量的文字，基本上，對文字這發明根本就是種侮辱，甚至過度的酸性，而你知道，酸性體質，很容易生病的。

我讀瓦力的文字。

因為他而去找歌來聽，因為他而去買演奏會的票。

我很清楚知道，接近美的事物，未必可以讓你變美，但會讓你活得不那麼醜。

我關心瓦力寫什麼，那常常讓我覺得就算這世界很醜，但還是有些角落我們不必急著躲開。

這本短篇小說，就是瓦力的樣子。

輕盈的，像個朋友在跟你說，他聽到的一個故事，就在半杯咖啡之間，你可能就被安慰了，當然，裡面有歌，有情，有世間的矛盾，和因為矛盾產生出來的美好故事。

沈重的，你嘆一口氣，但還是可以向前，甚至因為嘆了那一口氣，你更有力氣。

我有時候會想，人類最偉大的發明是什麼呢？

我覺得，運動是一種。

藝術更是。

而藝術中，音樂和故事，可能是最具傳播力量，最快讓人潸然淚下、笑逐顏開的吧？那讓人想起自己是人，想起自己可以不單在乎眼前逼人的數字，更在乎自己的血液溫度，還有那些自己可能都有點遺忘的小事。你明明知道那些小事組成了完整的你。

我當然會想起我喜愛的中山七里先生，他精彩的音樂系列，總是讓我期待無比，不過，可別小看瓦力的魅力，我想那是不同於中山七里的懸疑推理，而是人生的情感義理。

在音樂的篇章裡，你可以看到瓦力他如何輕盈地來回跳躍，儘管，有些還勝過命運交響曲那一顆顆音符的重量。

我是享受的。並且頻頻點頭。

原來，有種舉重若輕，是可以靠著文字去帶動聲音，是可以用看不見摸不著的奇妙力量，梳理一段段未必難解但總得花點細膩心思的人間課題。

我小時候很佩服吳念真，長大後跟他同桌，小時候很喜歡平路，長大後和她共飲，小時候很愛看廖玉蕙老師，長大後與她同台。

他們的文字總是平實，可是刻畫就是生動，關注的總是巨大，你會很開心跟他們同一個時代，可以感受到他們旺盛的創作能量，還有看見被他們照亮的世間。

那是美。

有時候，我也會擔心，以後我要看誰的作品呢？

在樂音流動間，我跟自己說，你不用太擔心啊，還有瓦力呀。哈哈哈。

推薦序

音樂是我們所在宇宙最高維度的藝術

——你感覺到愛的波紋了嗎？

文／林秀赫（小說家）

你知道欣賞音樂就必須用時間交換嗎？

沒騙你，這一生我們聽過的所有美好歌曲，都是用時間換來的，你如何能不珍惜聽到的每首歌呢？

這麼說來，欣賞音樂本身就是一種以物易物的行為吧。

瓦力的音樂小說《胖卡咖啡館，獻給不需要這世界的你》，這是一輛深夜出沒的行動咖啡館，沒帶錢沒關係，只需要用好故事交換一杯咖啡，你就可以在卡帶播放的懷舊音樂中，品嘗過往人生的點點滴滴。有些人因為這杯咖啡找到了幸福，也有人因為這杯咖啡留下了遺憾，原來這一首首歌曲隱藏著最愛的人的訊息，等待有一天被理解，被解開這個謎。

閱讀過程中，許多有關音樂的回憶不斷奔襲而來。回想起我珍愛的九〇和〇〇年代，已是個永遠無法回去也無法複製的世界：晚上讀書聽光禹，飛碟電台剛創辦，日本、港台的流行音樂蓬勃發展，唱片賣百萬張可不是蓋的；搖滾迷們緊追遠在英倫的綠洲、布勒，美國的槍花、涅槃、瑪麗蓮曼森、愛麗絲囚徒，那是台灣地下樂團爆發前夕，一切都壓縮在九〇年代。然後千禧年，《Jay》《孫燕姿》來了，大學宿舍內日夜播放的MP3音樂，伴隨西子灣的海潮之聲，彷彿演藝廳台上的吉他社學姊才剛唱著那首〈一夜長大〉，年少的我對未來充滿憧憬，以為一切正要開始，沒想到已是顛峰。

後來我寫作喜歡聽各式各樣的音樂，能帶給我許多靈感；我也喜歡現場聽演唱會、演奏會，男神女神的大型個唱無役不與；釣魚時，我會靜靜聽舒伯特的《鱒魚》；而關於收藏，我總期待看到能傳達音樂性的當代繪畫作品。本於對音樂的喜愛，「瓦力唱片行」創辦初期，我便是潛水讀者，他書中的許多故事我都曾第一時間在臉書上閱讀，進而感動按讚。

瓦力的小說很好讀，卻不時有句子打中你心坎。他的音樂故事是生活的，情調是懷舊的，談的愛情是一輩子難忘的。這更是一本關於音樂的百科全書式小說，講述了一位又一位傳奇的樂手和樂迷，以及那些傳說中的朝聖之地，看他們如何用音樂交換秘密，唯有知音人可以訴說、可以傳承，懂了就懂，不懂也無法強求，也因此這些故事中人注定離去，前往他們心之所向的國度。

在這本新作中，我特別欣賞瓦力對故事的編排。他將台灣味的府城意麵和馬勒的《第五號交響曲》第四樂章交織在一起，為霍洛維茲的錯音接上巴克豪斯的最後演奏、少年卡薩爾斯祕錄的《巴哈無伴奏》與一張空白的蟲膠唱片到底有何關係？落魄小作家在老樂評的喪禮上彈奏李斯特的《巡禮之年》、隱藏在史特拉汶斯基《彼得洛希卡》背後的百合之愛、以眼神牽引出舒伯特《第二十一號鋼琴奏鳴曲》的翻譜員、在補習班為蔡藍欽落淚的重考班女孩、又在小詩人書店的最後一晚落下蕭邦的《雨滴》，還有那間播放〈懷念的播音員〉的純純按摩店。閱讀時不妨掃碼，打開音樂一起伴讀，方能進入瓦力所構築的小說世界。

書中最短的一篇故事〈兩把小提琴〉談及「卒婚」，一種「類離婚」，離婚後的單身，和婚前的單身，兩者的心境是截然不同的，瓦力卻能掌握那變化，在極短的篇幅中讓我這過來人無比動容。閱讀這本小說，不用按照順序閱讀，可以從任何一篇開始，更多是依據當下的心情來決定，我想瓦力也是這麼安排的。相信這二十則短篇，肯定也會有讓你深深感動的故事。

然而讀完小說，我不由得重新思索「音樂」是什麼？為何音樂有這樣的魔力，明明不可見、不可觸摸，只是存在於時間中的一段軌跡。

是啊，或許就在於音樂是一種時間的藝術，是人類所在宇宙最高維度的藝術，對其他藝術來說都是降維打擊，任何藝術只要加入音樂，就會被音樂主導。音樂是這麼瀟灑、這麼自由。就像電影配樂完全可以獨立於電影之外欣賞、演奏，但一部好的電影，恐怕不能脫離好的配樂。

好的小說也是。

目錄

序

說來有點不好意思，生平第一次吃「炸牡蠣」是很後來的事。

你身旁有沒有那種去夜市點蚵仔煎不吃蚵仔的怪朋友？我就是那樣的人，不喜歡牡蠣自帶的腥味，和朋友點了一盤蚵仔煎，卻把蚵仔通通留給朋友，自己默默把剩下的蛋煎吃掉的人。

有一回在台北傍晚迷了路，原本要找的店像鬼打牆似地，在地圖上怎樣都找不到。此刻無意在巷弄僻靜處，看見一間木頭裝潢的老屋，玻璃窗外透露著屋內的溫暖黃光，有一種貼近靈魂的召喚。索性不看google評價，就算踩雷又怎樣，偶然和巧合，生命值得一場美好的意外。

老屋賣的是現點現做的日式料理，價格出乎想像地親民。點了蓋飯，附贈一碟小漬物和味噌湯，味道甜美。雖然沒有相應的音樂，氣氛仍是相當美好，

菜單上有「炸牡蠣」這道餐點。平常我是不吃牡蠣的，但上面特別提到每日限量，不知為何讓人心中湧起了一種「相遇只為此」的念頭。餐點送來後，好吃極了啊，真不愧一

天只有十盤。

炸得酥脆的麵衣裡，有顆軟嫩熱烈的心。人到哀戚中年，還可以為一道看似平凡的食物，感到難以言喻的悸動，真不可思議啊！

記得曾經在某個故事裡讀到男主角從來不愛古典樂，在一間偶遇的二手書店屋簷下躲雨。「這場雨應該很快就停」，他心想，此刻卻無意聽見裡頭傳來了德布西的《月光》。在那短短的幾分鐘之內，他掉進了時光迴廊，在音樂聲中重訪了自己的青春。雨停後，他帶走了一片風景。在多年以後，生命變得哀愁而難以為繼時，他就會想起這樣的一場雨，和雨裡永遠的德布西。

炸牡蠣和德布西會不會也是一樣的道理？看似卑微而平淡的日常，藏著親切而永恆的善意。願你是牡蠣，我是德布西，讓人在小小的事物裡，也能緊握生命的幸福。

胖卡咖啡館流轉的諸般風景，正是這樣微小卻親暱極了的故事。

「相遇只為此」，當你偶然經過這台胖卡，聞到阿昌的咖啡香，聽到老派卡帶傳來的熟悉旋律，不必敲門，不必多禮，請快快進來。

倘若靈魂能共振，只因早是曲中人。

生來奔跑

朋友阿昌開了一間行動咖啡館。這是他成為社運分子和大學教授十年後，毅然放棄所有，決心從事的一項計畫。

他的概念很簡單，把自己的進口房車賣了，再從積蓄中挖一大筆錢，買了一台胖卡和煮咖啡的必要器具。

但有這些還不夠，阿昌知道我對音響和唱片特別有研究，便請我替胖卡購置一套音響設備。原本打定主意要放黑膠的，但因為胖卡跑來跑去容易震動，影響唱針讀取，最後選定用卡帶來播。雖然有些美中不足，但作為一間行動咖啡館的播放器材也夠用了。

這樣的行動咖啡館，和別人家的有什麼不一樣？豆子任選，價格只有兩種。付費和不付費。只要你覺得他手沖的咖啡夠好喝，一杯就是一百元。

不付費的咖啡，則是這項計畫的主要核心：「以物易物」。如果你覺得咖啡好喝，用任何東西來交換都是可以的。

一開始在花蓮的海灘上開張，他的行動咖啡館引來不少關注。在海風的徐徐吹送下，他把「工人皇帝」布魯斯．史普林斯汀（Bruce Springsteen）①的〈生來奔跑〉（Born to Run）*開到最大聲。歌詞這麼唱著，「我們生來就是要奔跑的，哪怕這條公路充滿寂寞的破碎英雄」，這不正是胖卡always on the road（總是在路上）的精神嗎？

史普林斯汀的熱烈美國搖滾樂，總是吸引許多在海風中奔跑而來的人。阿昌告訴我，幾乎所有人都以百元的價格換取他的手沖咖啡，對於木板上寫的「不付費方式洽店長」，很少人敢開口問他那是什麼意思。

阿昌笑著說，可能是這年頭詐騙集團太多，天下沒有白吃的午餐，也就不可能有白喝的咖啡。何況懂得精品咖啡的人越來越多，只消喝過他手沖的好咖啡就知道那是硬派真功夫，抬頭看價目表只要一百元，幾乎都是沒有懸念就掏腰包付錢。非常乾脆，沒有一絲海風的曖昧。

然而他的計畫是不讓人付錢的。阿昌想知道的是，一杯咖啡的真正意義。他希望能透過「以物易物」的方式，理解人們願意交換的代價是什麼。眼看計畫無法推展，阿昌有些灰心。

一天下午，遠遠地就聽到有小嬰兒在哭。慢慢地那哭聲越來越大。等到連卡帶的聲音都被淹沒了，阿昌才發現小孩的媽媽站在他的胖卡前面。

---

① 本書所有樂曲介紹與音樂連結均附於該篇文末，建議一邊閱讀一邊掃進QRcode聆聽音樂。

「不好意思。小孩肚子餓了，需要牛奶喝。我知道這裡專賣精品手沖咖啡，肯定沒有拿鐵可以選。但海灘上賣東西吃的，都要牙齒咀嚼，小孩還沒長牙，還是只能喝牛奶。」

阿昌馬上就理解發生了什麼事。拿鐵他是沒有賣的，但他習慣在小冰箱常備一兩瓶牛奶，自己有時喝一點補充營養，有時胖卡家貓小福也會愛嬌地想喝，然而餵貓咪喝牛奶並非好主意。

阿昌沒等她說完，就倒了一杯鮮奶給小孩喝。

小孩的媽媽又驚又喜，要付錢才發現錢包放在車上。但車子停得很遠，若過去又再走回來，恐怕小孩根本承受不住。

小孩的媽媽誠惶誠恐，問那個不用付費的方式是什麼。

阿昌相當開心，「哈哈，你還是第一個問的。很簡單啊，就是你拿一個什麼東西來換都可以。」

「真的，什麼都可以？這個，也可以？」小孩的媽媽指著小孩手上剛撿來的一枚貝殼說。

「當然可以。重點是你覺得這杯牛奶的價值是什麼。只要你願意給的，我一定收。但只要給了，就不能反悔。」

小孩喝完牛奶的表情很滿足，閉起了眼睛，熟甜地進入夢鄉。媽媽從小孩手裡拿起貝殼，小孩全身的毛細孔在此時都張了開來，扭動身體就是驚天動地的一陣大哭。

「可是決定給了就不能反悔。願意給的，我一定收。」阿昌這樣說的時候，我突然覺得一陣從未感受到的涼意。

「所以你真的要那枚貝殼？不顧那小孩此刻又哭鬧？這樣你不但讓那媽媽難做人，恐怕來到胖卡的顧客也會受不了小孩啼哭，紛紛走避吧。」

阿昌堅定地說，決定要給的，他一定收。這是他不付費咖啡的唯一付費方式。

「我拿到了這枚收藏眼淚的貝殼，覺得份量很重。那些詩人說的，『美麗的貝殼是一顆無價的珍珠』。他們說這句話的時候根本都在瞎扯。他們根本不懂『無價』的意義。一百元的咖啡是有價的。一枚從小孩眼中穿鑿出的珍珠，才是沒有辦法估量的寶藏。我知道你在想什麼，覺得我很殘酷。但規則就是如此。但規則之外也還是有溫柔的。我給了那小孩另一杯加熱過的牛奶。他停止了哭泣。安詳的睡眠有令人感動的微笑。」

「那你這回又要小孩媽媽拿什麼來付？」我焦急地問，好像那小孩此刻就在我的旁邊要醒來大哭。

「我沒有要她付啊。她沒有主動說要買。這杯是我主動給的。」

我鬆了一口氣。

「但你這杯咖啡還沒付錢。」阿昌促狹地說。「請問客倌要付還是拿東西來換？」

我沒想到他會來這一招。我沒帶錢包出門啊。

「那用故事來換可不可以？」

「可以。只要肯給，我都願意收。」阿昌吸了一口菸，淡淡地說。

我望著眼前在藍調酒吧認識多年、一起聽遍爵士的阿昌，感到既熟悉又陌生。

他真的要我付這杯咖啡錢？當然啊！他說的。這年頭大家都習慣了詐騙集團的伎倆。天底下沒有白吃的午餐，自然也就不會有白喝的咖啡。

他不是詐騙集團。

他的咖啡要你付錢，或不付錢。

用貝殼來換，用故事來換，用世間你覺得等值的所有東西來換。

東西的價值不是他決定的，是你決定的。是你用換取的故事，決定此杯咖啡的價格。只要真心肯換，他一定收。

就在此時，一位女士走向我們。空氣響起了譚詠麟的〈像我這樣的朋友〉＊。

「你們是賣咖啡的？」女士不可置信地說。

「網路上說有一台胖卡穿梭南北，天天播放老掉牙的卡帶。我很好奇，聽說這台胖卡最近可能在這裡出沒，猜想你今天會到這裡。但我搞錯了，我還以為你是從事什麼行動藝術的藝人。我原本想把一些卡帶送你，讓你在表演的時候和大家分享。真不好意思，我搞錯了，沒想到這裡是賣咖啡的。」

「你沒搞錯，我的行動咖啡館的確是一場有目的的社會實驗，說是行動藝術也未嘗不可。我賣咖啡，但其實我又不只賣咖啡。如果你願意，請坐下來，讓我播放你帶來的卡帶。我想，你一定有什麼故事想要說吧。來來來，咖啡免費，音樂無價。」

那位提著ＩＫＥＡ塑膠袋的女士沒有上座。

她別過臉去。眼眶都是淚水。

很久她才說，「這袋子裡的卡帶很重。我很早就想把它們都丟了。謝謝你的溫柔邀請，聽你這樣說，它們突然變輕了。」

在譚詠麟的歌聲中，一則關於朋友的故事才要開始。

*布魯斯．史普林斯汀（Bruce Springsteen）

布魯斯．史普林斯汀，出生於一九四九年九月二十三日，美國搖滾歌手、歌曲創作者與吉他手。作品經常透露對中低階層的關懷，讓他贏得「The Boss」的美譽。

*〈生來奔跑〉（Born to Run）

收錄在布魯斯．史普林斯汀的第三張同名錄音室專輯，由哥倫比亞唱片公司於一九七五年八月二十五日發行。歌曲傳達樂觀的奮鬥精神，生命也許是條漫長公路，充滿破碎的英雄，但只要大力邁開步伐，就一定能夠找到堅持下去的勇氣。

＊譚詠麟〈像我這樣的朋友〉

收錄在香港歌手譚詠麟第五張國語專輯，由寶麗金公司在一九八九年九月二十五日發行。歌曲透露友情的可貴，哪怕世界再大再寂寥，也有朋友在這裡永遠守候。

像我這樣的朋友

沉甸甸的ＩＫＥＡ袋子，在瘦弱的女士身旁顯得有些突兀。不過袋面上的經典藍色卻很合宜。藍色是她此刻的心境。

「小玉是個愛說謊的女孩。幼稚園升大班時，她從別間幼兒園剛轉過來。有一次我尿急了，想要報告老師讓我去廁所，小玉卻在我耳邊說廁所爬滿了蟑螂。我嚇得根本不敢舉手說要去，又緊張又尿急，嘩啦啦，地上都浸滿了我的黃色羞恥。老師很生氣，說我大班了怎麼還不會自己去上廁所。你們猜，我怎麼回答？」

我和阿昌聽了都不可置信。「你一定有跟老師說廁所都是蟑螂吧？」

女士嘆了一口氣。「要是那麼簡單就好了。我的確跟老師說廁所都是蟑螂。但我沒有說這是小玉告訴我的。老師聽了搖搖頭，『小茜你尿褲子沒關係。怎麼還說謊呢？老師剛剛才從廁所回來。那裡絕對沒有蟑螂。』」

直到這個時候，我才知道她的名字有「茜」這個字。

「老師拉住我的手，要我到廁所去看根本沒有蟑螂。我死都不肯去。小玉把蟑螂噁心亂爬的樣子說得活靈活現，我嚇壞了。然而我心中很清楚，廁所根本沒有蟑螂。但我隱隱約約覺得這個真相難以令人接受，潛意識一直在抗拒著它。

小玉是我的朋友。雖然剛轉來沒人理她，可是她一來就跟我要好。她為什麼要說謊騙我？如果去廁所，看見廁所根本沒蟑螂，那意味著小玉是個謊言。我不想要謊言。我想要一個朋友。」

「你告訴老師一切都是小玉的主意，你們就做不成朋友了嗎？」我好奇地問。

「我不知道。我其實沒有想那麼多。感性上我就是覺得不能說，怕說了我們就再也做不成好朋友了，很傻對吧？到了那天放學，我都沒再踏進廁所一步，好不容易撐到最後一節下課，回家第一件事就是衝向馬桶，熱辣辣地把那些悶了整天的東西排了出來。」

「小玉呢？她都沒有向你道歉？什麼都沒有說？」

「沒有。在這場哭鬧的辯白遊戲中，只有老師憤怒的神情，混著小朋友在我身旁捏起鼻子的控訴畫面。小玉不見了；或者說，她躲在某個角落，冷冷地看這一切發生。」

那個名字裡有「茜」的女士頓了一下，向阿昌此時遞過來的川式手沖咖啡表達謝意。

「你們一定很好奇，這些跟我帶過來的卡帶有什麼關係？請先拿出一張卡帶，任何一張都可以。一起播來聽聽，答案就在卡帶中。」

她苦苦地笑了，發現自己的話和那句「答案就在影片中」的爛梗何其相似。

我隨手拿起一張。奇怪的是，這些卡帶都是空白錄音帶的轉錄，不是我一開始所想的唱片公司發行的音樂正版帶。

我請阿昌播放，胖卡上的兩台Boombox都是我裝的。我比較喜歡SONY放出來的聲音，雖然它只有二個三吋的全音域單體，聽起來卻更為自然。

阿昌按下播放鍵，清脆晶亮的琴音在咖啡的餘韻中渲染開來。

因為自己也曾學琴幾年的緣故，一聽就知道那是舒伯特的最後三首《即興曲》＊。琴音真好聽。窄小的單體發聲有其缺陷，高音延伸不上去，低頻又軟綿綿的沒有什麼力。但溫暖的中頻無敵，就像是真正的歌手在面前唱歌給你聽。

「我迷上了小玉。也許你們覺得不可思議，才大班就了解自己的感情世界嗎？我的確不懂。我只知道，雖然小玉常說謊，也常害我出糗，但和她在一起的時刻，我是真心快樂的。剛轉來的同學常會被排擠，她卻事先排擠了世界，排擠了學校所有人，選擇了我。是的，她選擇了我，就好像我是全世界最特別的人一樣。」

她說這話的時候，IKEA的藍色憂鬱不見了。取而代之的，是粉嫩的紅，也就是「茜」的意思。

「你們剛剛正在聽的曲子很好聽吧？每次聽，我都有一種不可思議的感受。上小學的時候，小玉的媽媽請來一位鋼琴家教到府指導。我就在門外聽著，臉上肯定都是快樂的表情。後來小玉的媽媽看我聽得那樣入迷，索性也讓我進門旁聽，那真是一段美好的時光。」

「那卡帶是怎麼來的？」阿昌問。

「小玉學得很快，不到一年就可以彈莫札特的鋼琴曲目。不是《小星星變奏曲》＊，是《第十一號鋼琴奏鳴曲》＊。雖然還無法駕馭整首，光是第一樂章的琴音出現，我就已經潸然淚下。大家都愛說，莫札特的音樂是快樂活潑的，但他們不懂。只要他們聽過這段六分多鐘的行板，就會發現莫札特的內心，不只有燦爛的小星星，也有黑夜和寂寞。

就這樣我在小玉的琴房，度過了小學的漫漫夏季。小六畢業前半年，小玉跟我說，她快要不能彈了。因為半年之後，她們全家就要移民到美國了。後來我才發現，其實只是搬到汐止而已，那是小玉爸爸工廠的新駐點。

不過這也就是小玉吧。你瞧，連講真心的話，都要帶有一點謊。總之呢，小玉說她快要不能彈了。為了紀念從幼稚園大班到小學的這段友誼，她決定利用剩下的時間，在週末用卡帶錄下她的鋼琴獨奏練習給我聽。」

「哇！你這個愛作弄你的朋友，也沒那麼壞嘛。」阿昌瞧了瞧IKEA的袋子，裡面至少四五十捲卡帶。如果小玉所說是真的，那就代表她很努力，在半年內的每個週末，都在彈鋼琴給「茜」女士聽。

「鋼琴真好聽是不是？半年裡，我每天聽。每個周末隔天，我就會收到一捲新的帶子。那時候我已經不能常去小玉家玩了，因為家裡弟弟妹妹接連出生，我得留在家裡幫忙照顧他們。在爸媽忙家事的時候，弟妹哭鬧不已。很神奇的，每次播小玉錄給我的卡帶，他們就會安靜下來，彷彿那音樂真有什麼魔力一般。」

那音樂真的有魔力。卡帶播完了，我們還意猶未盡。這次換阿昌從中選了一捲來播。要說冥冥之中真的有命運這件事的話，還有什麼能夠比一挑就挑中莫札特《第十一號鋼琴奏鳴曲》更不可思議呢？

「但半年後。我就再也沒有去聽那些卡帶了。」她這樣說的時候，口氣全是傷懷和惆悵。

「我們的命運交響曲，到此有了不同的轉變。就在畢業典禮結束的那一週，小玉全家要搬到『美國』前一天晚上。她告訴我，她騙我的，那些卡帶根本不是她自己彈的。那些卡帶是她用雙卡播放機對拷的。對錄的都是名家，都是老師逼她每個禮拜聽的那些大師選輯。小玉說她恨我，為什麼她在琴房苦練的時候，我在外面自由地和弟妹在公園玩？為什麼那個討人厭的老師要逼她聽這麼無趣冰冷的鋼琴？

她恨我，她恨我什麼都不懂。她恨我什麼都沒有為她做，只顧著自己和弟妹玩。明天她就要走了。她告訴我這個祕密，是為了折磨我。她告訴我這個祕密，是要讓我永遠在恨中記得她，記得她不存在的事實。那時她不存在於那些非她所彈的琴音之中，如今她也真的不在了。」

「茜」女士說到這邊的時候，已經泣不成聲。這樣看來，這個朋友還真的很愛說謊，連離別之前，都還要讓她傷心欲絕。

只是她的故事和琴音並沒有對頻。卡帶仍然在轉，但有些弦外之音，她這些年來都沒有聽出來。

我得告訴她卡帶裡有個最大的祕密。

「很抱歉。我知道你現在很難過。但我得指出……嗯，就當我老王賣瓜好了，雖然我鋼琴彈得不怎樣，曲子倒也聽過不少的。我要說的是，你朋友小玉對你扯了最大的謊。這些卡帶錄音，我敢肯定，絕對不是從名家演奏對拷的。

這些錄音有一種自然樸實的力量，假以時日好琢磨，能否成為大器也未可知。但僅以詮釋的優缺點而言，這肯定不是一流的演出，但這並沒有關係。從這些晶亮的琴音之中，你幾乎能感受到一種比緩版更慢的悲傷，瀰漫在此刻的空氣之中。一開始還不太知道那是什麼，後來也就懂了。這麼緩慢的彈性速度，應該是鋼琴家邊彈邊想時錄下來的。為什麼邊彈邊想？她在想什麼事，還是什麼人嗎？我想答案應該很清楚。」

阿昌和「茜」女士都沒有說話。他們的眼神渴求著真相。

「如果說只有一兩捲的卡帶是這樣地慢，這樣的邊彈邊想，那也就算了。我們剛剛已經換了幾捲？喔，這會兒是放巴哈的《平均律》*了是嗎？對，對，就從巴哈說起最準了。巴哈是最沒有個人色彩的音樂家了。巴哈的中心樂旨是體現上帝的愛，因此無我而不沉溺。可是你們聽，這些平均律哪有超越的神性啊，取而代之的是滿滿的浪漫風格。換句話說，這些卡帶肯定都是同一個人所彈錄的。從詮釋的角度來說，我幾乎要說它們聽起來都像是錄給什麼人的情書了。」

「你……你……你是說這些卡帶都是小玉邊彈邊錄給我聽的。如果是真的，那為什麼她最後都要走了，還要扯這樣的謊？」

「唉」，我嘆了一口氣，似乎理解了一些事卻又說不得準。「我也不知道。但我願意這樣猜測。我想，她很愛你。」

「愛我？愛我？怎麼可能。她明明是恨我的。恨我才說那些話來折磨我的。」

「你自己不也說了嗎？小六的最後半年，你忙於照顧弟妹無法陪她練琴。你自己可能覺得振振有詞，心想你又不是故意不理她的，你可是有正當理由分不開身的。小玉何嘗不知道？但感性總會戰勝理性的。你知道嗎？說謊的人或許也是最感性的人，他們渴求注意渴求愛，明知不能說謊卻不得不說謊。事實上他們可能也很掙扎，不想騙你卻害怕你就這樣走開。最終他們選擇只好騙你，說服你和他看事情的方向，終於一致。」

我頓了一下，喝了最後一口咖啡。

「是的。她是愛你的。她肯定愛你。沒錯，在告別之前，她又再一次騙了你，可是你可不可以換成她的角度想想？一個曾經陪她到現在的朋友，一個她萬中選一的朋友，竟然在她最寂寞、練琴練得最無聊苦痛的時候，選擇離開她。她明知道你去陪弟妹不是真的去玩，又有什麼幫助？寂寞是會腐蝕人心的啊。」

「在她那樣寂寞的時候，她的琴聲都是真的。從你的描述，我猜想她可能沒什麼朋友，甚至也就只有你一個朋友。那麼，你如何叫她不發狂？再過半年，你們就要各分東西了。你聽，她的琴音是不是越來越急促高亢，就像一個溺水的人高喊救命。她彈給你的時候想著你，那些曲子都是求救的訊號，燃燒著愛的狼煙。」

「只可惜你不懂。我想她自己也不懂。你們就陷在這種『明明什麼都給了為什麼還是那樣寂寞』的情緒漩渦之中。到了真正要分開的前一晚，她終於被吸進去了。她告訴你那些都不是她彈的，目的看起來的確是為了折磨你。但為什麼要折磨你，我想答案到這裡已經很清楚了。」

「茜」女士嘆了一口氣。「這樣說來，她是真的愛我。那些她錄給我的獨奏都是真心為我而彈的。唉！她明明可以直接告訴我就好，偏偏要離開了還是要說謊，企圖抹滅她曾經也那樣愛過我的事實。」

阿昌這個時候突然說話了。

「那麼，這杯咖啡是不能收你錢的。如同我一開始就告訴你的，我不想收錢，我想用東西來換。現在你已經用一個最棒的故事來交換這杯咖啡了。卡帶你就帶回去吧。我想不論你一開始來，為什麼不要這些卡帶，現在，它們對你而言，肯定有完全不一樣的意義的。」

「茜」女士什麼都沒有說，什麼都說不出來。

過了很久，當夕陽把天空染成一片紅，我才發現已經那麼晚了。

「謝謝。謝謝你。真的。」「茜」女士拿起了IKEA的提袋，就要離開。她看我的神情，就好像是重新確認了什麼事一樣。

「還不急啊！」「茜」女士才走出幾步，就被阿昌叫住。

「卡座裡還有你朋友錄給你的卡帶啊。別急，我拿給你。」

按下了停止鍵，此刻音樂突然消失得無影無蹤。好像剛才什麼音樂都沒有來過，什麼事情都沒有發生。

只有我們知道，生命中最重要的歌，只要真心地唱，就會駐足在記憶的最深處，等待某個天晴的好日子，再度被時光所採收。

樂曲介紹與音樂連結

***舒伯特最後三首《即興曲》（D. 946）**

舒伯特晚年的鋼琴作品，是作曲家辭世前六個月所寫下，四十年後才由布拉姆斯付梓出版。和前二套《即興曲》（D.899和D. 935）相比，長期被忽視，卻仍折射出舒伯特無瑕的心靈光景。

***莫札特《小星星變奏曲》（Twelve Variations on "Ah! vous dirai-je, Maman"）**

根據法國歌曲〈媽媽請聽我說〉（Ah! vous dirai-je, Maman）發展而成的十二段變奏曲，俗稱《小星星變奏曲》，是莫札特在一七七八年創作的鋼琴變奏曲作品（K. 265/300e）。

＊莫札特《第十一號鋼琴奏鳴曲》（K.331）

A大調第十一號鋼琴奏鳴曲，是莫札特所作的三樂章鋼琴奏鳴曲。這首奏鳴曲的第三樂章尤為出名，經常被單獨演奏，又被稱作「土耳其進行曲」（Turkish March），是莫札特最著名的鋼琴作品之一。

＊巴哈《平均律》（Das Wohltemperierte Klavier，BWV 846–893）

是一組由巴哈為鍵盤獨奏樂器所創作的音樂，影響後世鋼琴演奏技巧甚遠，有「鋼琴的舊約聖經」之美稱。

巡禮之年

樓下的老先生看起來情況越來越糟了。

我搬進來這間舊公寓，是前年五月間的事。也沒有什麼了不得的原因，就貪圖鄉下的空氣清淨，人煙稀少，讓我可以安心地寫稿。房租嘛，也不貴，包水包電，一個月也才八千，真夠一個落魄的小作家隱身在一個夢想大世界了。

最重要的是，你知道作家寫故事最喜歡什麼嗎？喝咖啡嘛。如果有比咖啡更好的事，那是「免費的咖啡」。

自從我搬來這間舊公寓後，鎮上晚間常常停駐一輛「形跡可疑」的胖卡。為什麼說形跡可疑呢？因為老遠你就會聽見有人在那放音樂，而且品味還不俗，有約翰．柯川、有巴哈，還有普契尼那些動人的歌劇詠嘆調。

不過行跡可疑的還不只如此。有天晚上，我實在覺得那胖卡播放的音樂太好聽了，忍不住朝傳聲音的方向走去。越接近音樂越來越清楚，而且伴隨法蘭克．辛納屈〈黑夜中的陌生人〉（Stranger in the Night）*還有陣陣咖啡香。原來「形跡可疑」的胖卡果然可疑，是間播放老卡帶和沖煮好咖啡的行動音樂館。

事情壞就壞在我喜歡法蘭克．辛納屈，但我下樓時沒有帶錢包，因為我並不曉得胖卡有賣咖啡，這才受了吸引尋聲而至。話這麼說又不對，因為這間到處趴趴走的咖啡店其實不需要你真的付錢。

也不知道是哪來的天才想法，胖卡老闆阿昌告訴我他原本是大學教授，有天突然想不開，辭了職，花光積蓄買了一輛裝備齊全的胖卡，還向經營二手唱片行的朋友重金買了八百多張卡帶，有古典有爵士還有國台語老歌。真是有趣，要不是阿昌告訴我，我還不知道年輕時聽的卡帶又開始流行起來了。

話說回來，其實我蠻羨慕阿昌的。看他自在地沖煮咖啡，一邊隨著音樂搖頭晃腦的神情，讓人覺得這「膽敢把學校fired掉」的教授也太浪漫。都活到這把年紀了，我也曾經有過那樣的文青夢想啊，卻從來不敢放膽去追。

偷偷告訴你，其實我也不是什麼大名鼎鼎的作家啦。事實上，我只出了一本銷路慘澹的短篇音樂故事集。我更常做的，是幫廣告公司寫文案。這類工作很血汗，上面總是要你改改改。改了一千次交回去，對方卻突然臉色鐵青地說，「你老早給我這份就好了啊」。定睛一看，他手上的那一份是我最初給他的原稿！這不是在開玩笑是什麼？

錢少、事多、主管又不近人情也就算了，最讓人介意的，是嘔心瀝血的文字，很少掛上自己的名字。和筆桿子奮鬥了這麼多年，每次最動心的時刻，是看到自己的作品以鉛版字被端正地印在什麼刊物上；可是最令人絕望的也是這個時刻，自己的名字被拿掉也就算了，冒名頂替的竟然還是那個仗勢欺人的主管。

這麼多年來，我總在悔恨和自我惋惜間喘息著。雖然我也很想出走，拋開這一切，為自己勇敢地活一次，但所謂的「壯遊」最多也只是跑來這座小鎮，租下這間便宜的老公寓，寫下這些潦不成章的故事。

這就是為什麼當我聽見胖卡阿昌的深夜音樂，會有一種「天下之大，也有人讀懂我的孤獨」的親切感受。

其實我是羨慕阿昌的。他有顆最浪漫的心，像是唐吉軻德一樣，明知不可為而為之。畢竟都什麼時代了，哪裡還有人在聽卡帶啦。而且他的咖啡還不用錢，只要你拿故事來換，還有什麼比這更熱情的理想嗎？

人過中年，工作不穩定還要做夢都嫌奢侈。不過說到要拿故事來換好咖啡，我告訴阿昌，這裡倒有現成的一個鬼故事可以交換。

阿昌眼睛亮了起來，此刻胖卡上的Boombox剛好傳來麥可．傑克森的〈顫慄〉

(Thriller)＊。

同樣是深夜，幾個月前我寫稿寫到失神。毫無頭緒的我，只好走到外頭的喬木下仰望星辰，向宇宙的萬物之神，尋求一點靈感。正當我眼神亂飄時，三樓那裡竟然出現了一張蒼白的臉，在寂寥的夜空裡，嚇得我差點沒尿溼褲子。定睛一看，才發現那是一張活生生的臉，似乎病得很重。過了不久，臉不見了，窗內微弱的燈光也熄了。

就這樣過了好幾天，正當我以為忘了這件事之時，路過三樓樓梯間，我竟然聽見了意外的樂音。那是李斯特的《巡禮之年》＊，演奏的風格清新流暢，像森林中百鳥齊鳴，也像映照著陽光的小溪緩緩流過。輾轉幽迴之中，像在嘆息著什麼，又在期盼著什麼。

我不禁聽得呆了。

自那夜的奇遇起，我像是中毒般，每當深夜失眠鬧筆慌時，我就會偷偷跑到三樓樓梯間，碰碰運氣，看看自己能否再度聽見那樣充滿靈動的生命之音，澆灌我子夜的寫作寂寞。

我卻幾乎沒有成功過。

有天晚上，我實在是寫得太累了，本想守株待兔，在三樓樓梯間欣賞免費的「深夜心靈演奏會」。沒想到還沒聽到什麼好曲子，我已經倒在樓梯間不省人事，睡個半死。等到醒來，已然不妙，一雙溫柔懇切的眼神正向我這邊投射而來，而我卻不認得這個地方。

「崑先生？您是五樓的崑先生吧。聽我們家的老爺子說，您常會半夜起來散步是嗎？」說話者，似舊時名家大宅的管家，是位談吐深有古意的有禮婦人。

我心虛了，有種做壞事被抓到的感覺。他家「老爺子」肯定知道我半夜起來遊手好閒的那些勾當了。

「今晚我們家的老爺子胸口又犯疼了，睡不著，要我到街口那家豆漿店買張大餅來喫。就這麼巧，在樓梯間碰著了您。瞧您太累，做不得主意，只好先把您移進房裡歇息一會兒。」

「這樣啊！當真是冒犯了～」我邊講邊擦汗，尷尬極了，耳裡卻不斷傳來如泣如訴的琴音。

婦人（此時我已猜到，她大概是獨居老爺子的看護）看見了我眼中的猶疑和閃爍，又說：「唉，就是這樣胸口犯疼的夜裡，老爺子犯的根本不是胸疼啊，是心疼啊。」

我眼神順著她的手勢一指，果然沒錯，老先生就在裡面的房間裡聽著唱片。會不會也是在這樣「犯心疼」的夜裡，他從窗外看了出去，心有所盼，看見了我。但所盼之事，究竟為何物？

然後婦人說了一件令我極為吃驚之事。

「崑先生，老爺子一直很敬仰您。」

「敬仰我？」

「我們家老爺子以前也是寫作文章過活的，還是位樂評人。這幾年行動不便，和文壇的互動少了，卻也不是什麼都不知道哩。出版社那邊定期還是會寄來一些文訊，他就是從報上剪影認出您的。老爺子常說要親自登門造訪，但一雙壞腿實在動不了，這事只得一直擱著。」

我心中又哇了一聲。

「哪裡的事。講得我都不好意思啦。想像老爺子當年應當是豪情萬千，縱橫文壇，無往而不利。我當真有眼不識泰山，沒能早先親自登門謝罪，該打該打。」沒想跟著婦人的古風用詞，我也自動轉成這樣怪異的語調了。

「崑先生可真是謙遜，怪不得老爺子好生喜歡您的文章，說是後生晚輩，能自出機杼、有物有景有情者少矣啊。您那本音樂故事集，寫出人生百態，他可是一翻再翻，樂此不疲啊。」

我更尷尬了。

「崑先生博學多聞，肯定聽過張漢和先生吧？我們家老爺子和張先生是同門師兄弟，一起聽過無數演奏會。叱吒風雲的年代，著實寫了不少出色文章。只是後來張先生為外物所囿，便和我家老爺走得遠了。」

「您說的『外物』指的是什麼呢？」

「啊，這您就有所不知了。張先生越來越向音響這邊靠攏。可是他越以『音響』為主題大作文章，就讓老爺子越不能諒解。老爺子總是說，唱片再精準，終究是過期的罐頭；音響再傳真，還比不上六歲孩兒手上那把庸琴所發出的泛音來得動人。」

「他們就這樣不歡而散嗎？」雖然不太好意思問，這個燙嘴的問題，還是這樣脫口而出。

「老爺子堅持只有現場的音樂會才能敘說靈魂的本質，其餘皆是邪門。張先生無法認同這種『唯現場是尊』的單一論調，便更加投入音響和唱片的研究。在張先生眼裡，現場的音樂會雖然最為美妙，畢竟不是尋常人家天天可上廳堂親炙大師風采的。音響因此是必要之惡，一種逼不得已、教育大眾和渡化心靈的手段。

然而音響和唱片，真像我家老爺子說的那樣毫無用處嗎？我不知道。張先生卻再清楚不過。他寄來一系列鋼琴大師名演，想要說服老爺，唱片沒那麼不堪，他們之間的友情也不可能那樣脆弱。」

「結果呢？」我焦急地問。

「老爺子根本沒唱盤啊。唱片寄到的那天，他就把它們全摔得粉碎。老爺子覺得，張先生真是執迷不誤，把黑壓壓的唱片寄來一個沒有唱盤的人家，不是挑釁嗎？便一鼓腦兒把唱片全摔碎了。」

「啊……怎麼會這樣？」

「唉，我家老爺子就是這副牛脾氣。其實他不是不能聽唱片的。他和張先生那時在冷戰，心想誰先屈服誰就輸了。可是人家張先生心裡，卻是從來沒這個比較輸贏的意思。他不過是想要老爺子聽聽唱片裡的鋼琴，哪怕是罐頭音樂，也能記載著真實無比的心符。

老爺子卻不領情，覺得你不親自來請我去你那邊賞樂，卻寄來這堆唱片，要我去買唱盤來聽你這勞什子的東西，這不是挑釁嗎？說到底，他只是不想表現地那麼窩囊罷了。可人家張先生，自始自終，只想挽回這段已然無望的友情。」

「只是說您怎麼這麼確定呢？張先生那邊只是想要委屈求和？」

「唉。我原本也不能確定。就在老爺子摔爛那堆大師唱片之後，過了幾天，我又收到了幾張尺寸相同的唱片，上面卻沒有任何印刷的封套，也不知是誰人演奏。正當我納悶時，唱片裡掉出了一張便條，上面寫著：

世竹吾兄如晤，知曉你可能望前批唱片，拂然而去，特於星夜以盤帶趕錄二套黑膠唱片，彈奏恩師當年初次授意我們的鋼琴自選曲。那年你選了李斯特，我選了舒曼。那樣年少的日子多美好，笑談之間，全無惡意，有的只是互相敬重的情懷。我取笑你的李斯特太過柔情，而你質疑我的舒曼是那樣的果決。如果時光可以倒轉，我想重現那樣的我們。是的，我彈了你最喜歡的李斯特《巡禮之年》，請你聽聽，在我心中的你，總是最好的樣子。」

聽到這裡，我心中又忍不住哇了一大聲。

「《巡禮之年》啊，怎麼那麼巧，是《巡禮之年》啊！」就在此刻，我領悟了什麼。

「難道老爺子一直以來在房間放的，就是張先生當年遲了幾天才寄出的《巡禮之年》自彈曲嗎？」

「唉！事情正是如此，只是又不全然是如此。那時老爺子一直很不快樂，我知道他倔強嘴硬，又不好意思說破，又怕他看見了張先生的字條和自錄的鋼琴唱片，臉紅在心卻不想被識破，為了佯怒又摔爛唱片。我就這樣把唱片藏了起來。這個祕密，一藏就是二十七餘載，直到張先生過世的那年……」

聽到這裡，我回想當日從樓梯間初聽到這張《巡禮之年》，心中的感受。錯不了。那是豐饒的友情還在枯水的年代，尋覓一場透心的澆灌。阿勞的版本太過老成，貝爾曼又太剛健威儀。只有這個無人知曉的版本，從星夜和門縫之中，搖搖晃晃地透了過來，有著那樣不可思議的力量，彷彿正見證著什麼人的青春：執子之手，且為你再奏一曲。夜裡幽冥的火，還在不停地燒。

婦人故事還沒說完，就被老先生叫進門裡去了。夜已深，此刻房內和鋼琴聲合奏的，是斷續的咳嗽之聲。這個故事還未結束，已太傷悲，我也不便再多作叨擾，便留了一張字條，說明改日必將親門拜訪，謝謝今夜之情。

幾個月之後，再見到世竹老先生時，是一張年輕的黑白照片。

照片裡的他，好看極了，就好像是望著對面為他拍攝的這人，展現一抹青春無悔的微笑。

沒有什麼人來參加的告別式上，顯得格外冷清。過了一會，我才從那些面孔認出幾個文學前輩。他們是那樣有名的大人物啊，竟然都出席了，那麼，世竹老先生當年果真叱吒風雲。不過，這都不重要了，因為在這樣冷清的場合，連他們之間細微的交換低語，聽起來都像是一陣壓抑的悲鳴。功和過，都無足輕重了。

我感到暈眩，心中卻是狂亂未歇。

「音樂呢？音樂呢？告別式怎麼可以沒有音樂呢？」我不斷這樣吶喊著。

發狂的我，走向教堂的那座神聖之琴。許久沒練琴的我，手指卻依然記得它們該放的位置，富有節奏地敲了起來。這一曲《巡禮之年》，我要獻給寂寞的老先生。

已陷入瘋狂的我，如琴魔李斯特附身，要在空中寫下最神聖的敬拜和祝禱，祝福我們的青春，擁抱我們終將到來的衰敗和傾圮。

在場的文學大老無不是音樂素養極高的雅士，此刻全呆住了。良久良久，才從他們之中，爆出一聲驚呼：

「那明明是舒曼的《兒時情景》*啊，可是怎麼彈得那麼像李斯特，就好像一個人，同時彈出不可能的聲部，愛與恨，交織得那樣地天衣無縫。」

樂曲介紹與音樂連結

*法蘭克．辛納屈〈黑夜中的陌生人〉（Stranger in the Night）

原為作曲家伯特．坎普菲爾特（Bert Kaempfert）在一九六六年為電影《可能被殺的人》（A Man Could Get Killed）譜寫的曲子，後由法蘭克辛納屈唱紅，也成為他生涯最知名的代表歌曲之一。

*麥可．傑克森〈顫慄〉（Thriller）

《顫慄》是美國歌手麥可．傑克森（Michael Jackson）發行的第六張錄音室專輯，一九八二年十一月三十日由史詩（Epic）唱片發行，至今仍為全世界最暢銷專輯。單曲〈顫慄〉的錄影帶長達十三分鐘，成為當時各大電視台爭相播放的音樂錄影帶。

*李斯特《巡禮之年》（Années de pèlerinage、S.160、S.161、S.163）

《巡禮之年》又譯「旅遊歲月」，是李斯特（Franz Liszt）自二十四歲起以鋼琴譜寫的音樂日記，有描寫自然風景的優美、有四時遞嬗的人生感悟，是李斯特最龐大的一套鋼琴傑作。

＊舒曼《兒時情景》（Kinderszenen，Op.15）

德國作曲家羅伯特．舒曼（Robert Alexander Schumann）於一八三八年創作的一部鋼琴套曲，由十三首曲目組成，是舒曼獻給孩童最真摯的作品。第七首〈夢幻曲〉（Träumerei）是大師霍洛維茲（Vladimir Horowitz）最知名的代表作。

這個世界

已經忘記認識阿昌多久了。從他開胖卡來我們這個小鎮賣咖啡開始，車上的喇叭還用卡帶播著不合時宜的古典音樂，我就知道這個人很有事。

我會注意到阿昌這個人，不是因為他的卡帶很好聽，而是好咖啡到處都有，怎麼他的行動胖卡會吸引那麼多的人呢？

有天放學回家的路上，我壯大了膽子，把腳踏車停在他的胖卡前面。只待幾秒鐘，我就想逃，不是因為夏日的驕陽很毒辣，而是因為他放的音樂真的很難聽，要不是我瞥見旁邊的小黑板上寫著斗大的這幾個字，我一定頭也不回地走了：

「好故事交換一杯好咖啡。」

我知道這一定有鬼，什麼叫做「用好故事換一杯好咖啡啊」？意思是說，只要隨便掰個故事，就可以喝一杯咖啡嗎？天底下那有這麼好康的事。我才不相信有人開著胖卡，到處做賠本的生意哩。

我對阿昌拋出一個衛生眼。就那麼一個眼神交會，他彷彿看進我的靈魂，對我揮手示意。

阿昌的眼光很銳利，他肯定知道我身上最後的一枚銅板用光了，否則他不會劈頭第一句就是：

「你一定沒帶錢吧？」

我心虛了。

「不必擔心。外頭天氣這麼熱。來，看你要喝什麼。」

「我才不要呢。這些死人音樂都那麼無聊。」我沒好氣地說。

原本以為這樣回答，會讓他著惱。阿昌卻正經八百地說，「絕對不無聊。這裡面有很多故事、很多的歡笑和眼淚。你不必擔心喝咖啡要付費，但好好享受這片刻吧。讓我用咖啡，交換你一張卡帶的時間。」

我被阿昌的直爽說服了。不必付錢就可以喝一杯檸檬特調西西里冰咖啡，在炎炎夏日裡是多麼愜意的事。唯一條件是我要忍受一張卡帶的時間，陪他聽那怪怪的音樂。不過仔細想想，這也沒有那麼困難嘛。因為不管怎樣，胖卡有隻很可愛的貓叫小福，讓人心裡的防備卸下了一半。

阿昌看我只顧摸著貓，沒等我答應，就從架上挑了一張卡帶。

阿昌的卡帶一播出來，我就後悔了。

我從來沒有聽過那樣的聲音。

那年我大學聯考失利，夏天很熱，認識的朋友們全去海邊度假了，而我則是在補習班度過那個漫長難熬的暑假，準備重考。

重考生最難受的不是來自他人的嘲笑，而是連原本最支持自己的人，轉眼就要和你各分東西，有很長的時間再也無法相見。

林玟珍是我的紅粉知己。雖然互有好感，我們並沒有私訂終生，立下什麼羅曼史小說才會出現的山盟海誓。我們做過最親密的事，也只不過拉拉小手而已。但光是在那樣溫柔的夜色下，碰觸另一個真實悸動的肌膚，也夠令人心蕩神馳了。

我和林玟珍是在明華補習班認識的。她就坐在我的前面，趁空檔時常拿隨身聽出來聽。剛開始我並沒有特別注意到她的怪異行為。要不是有次她書包露出卡帶的一角，我不會知道在這個音樂唾手可得的串流年代，竟然還有人這麼熱烈地聆聽上個世代的情懷產物。

我從沒過問她喜歡的歌手是誰，有天卻偶然發現，她眼角掛著一行清淚。我終於忍不住了。我問林玟珍發生了什麼事。她說，今天是二月十四日，蔡藍欽過世的日子。

或許你早就不記得蔡藍欽了。蔡藍欽是一整個時代的良心，他以《這個世界》*專輯唱出多少莘莘學子的憂傷和青春的迷惘。蔡藍欽過世的時候，台大都還沒念完。那年他才二十二歲。

要不是老派的林玟珍，我可能永遠不知道世界上曾經有那麼美麗而溫柔的人。

要不是溫柔的蔡藍欽，我們不會因為音樂的相遇而度過漫長的夏天。

而要不是因為夏天，初綻的欲望也不會找到出口。

就這樣，自那天起，我和林玟珍有了音樂和人生上的交集。我會散步送她回家，然後天南地北聊著我們的未來和夢想。

林玟珍被我的熱情所打動，雖然名義上還不是所謂的男女朋友，我們約定一起考上理想中的北部大學，這樣我們就能把這美好的故事唱下去。

除了每天的散步回家和交換夢想，我向林玟珍表達情意的方式，就是學會跟她一樣老派。

我偷偷在二手市集買到另一台狀況很好的愛華隨身聽。從那時候開始，我天天用卡帶轉錄廣播上聽到的熱門歌曲。雖然芭樂，曲曲訴衷腸。

到聯考的前夕，林玟珍收到我的自製混音帶，恐怕也有好幾百張了。只是才剛萌芽的愛情並沒拯救我，放榜的那天，她上了台大，而我竟然因為劃卡錯誤，上了台大補習班。

後來林玟珍打了好幾通電話，試圖聯絡我。可是那時我自尊心比愛強，都落榜的人，談什麼和人共築未來？天一亮我就往補習班跑，故意錯過她的來電。有一回我還沒走到補習班門口，遠遠就瞧見了她在找我。我是多麼聰明啊，索性那天補習班也不去了，在釣蝦場消磨一整個下午。

等到天色完全暗下來，我終於不得不起身回家了。失神落魄的我，才走進家門就看見母親鐵青著臉。我知道我完了，補習班主任肯定打電話來家裡，告狀我翹課了。

「你看你，林玟珍打了好幾通電話，你都不接。早上她來了，在門口留下這一大箱東西。」

我連看都不想看。我知道那是一大箱我轉給她的情歌卡帶。她再也不聽了。她的青春再也不需要我了。

從那天起，很長的時間裡，我關掉廣播，關掉卡帶，試圖把身旁所有的音樂都關上，什麼人也不想，什麼事也不問。我以為這樣就能夠讓悲傷止步。

我想我的心應該是死了，否則一個那麼愛聽音樂的人，怎麼可能說放棄就放棄？我封閉屬於我的「這個世界」。如果蔡藍欽看見我這樣，不知道會為我譜出怎樣的〈少男日記〉呢？

蔡藍欽終究沒看見我落魄徬徨的樣子。我知道有這個人的時候，他就已經不在了。但阿昌在。那該死的古典樂卡帶也還在。

我從來沒聽過那樣的聲音。

我從來不知道一個空虛而寂寞的人，內心可以這樣被巨大的愛所深深填滿。那是拉赫曼尼諾夫的《第二號鋼琴協奏曲》＊。有浪漫、有悔恨、有悲鳴、有狂想，也有理解和被理解的救贖與希望。

在此之前，我從來不知道誰是拉赫曼尼諾夫，也不知道沒有歌聲的音樂，可以如此打動人心。

他肯定也是愛過哭過恨過，被這個世界狠狠地拋棄過的吧？否則他的音樂，怎麼能譜出我內心這麼多糾結痛苦的感受呢？

後來我才發現，這個名字落落長的北國人，曾經憂鬱地快要發瘋。因為《第一號交響曲》*首演失利，他很長一段時間再也無法提筆創作。努力不懈的《第一號交響曲》，竟然換來此起彼落的噓聲，這讓他蒙受了很大的壓力和委屈。

還好他遇到了達爾醫師。

達爾醫師並不多話。他讓拉赫曼尼諾夫躺在椅子上，道出自己的身世與哀愁。

「不要怕。只要你肯說，我就在這裡，永遠也不會離開。」達爾醫師還是那樣的溫柔。

就這樣，寂寞有了出口，憂愁得到抒發，拉赫曼尼諾夫找回自己的音樂。

他找回他自己。

而我也是這樣透過他的生命軌跡，一點一滴地愛上古典樂的。

原來古典樂並不難聽。

原來在很久之前，就已經有人生過和我一樣的病了。

那是一種不被理解的病。我想拉赫曼尼諾夫當年繳出《第一號交響曲》卻慘遭滑鐵盧，和我聯考名落孫山的心情，肯定如出一轍的吧。但他沒有放棄，他用另一段音樂擁抱音樂，事後終於證明，當年的努力並沒有白費。《第一號交響曲》被歷史定為不凡之作。

所有擁抱著生命哭喊過的，果真留下踏實的痕跡。

當時的我，自然不知道這些音樂裡的掌故和軼聞。我是先被音樂打動了，感動得不知所以，阿昌才跟我講這些還發著光的故事。

也許這比作曲家如何走出低潮的故事，還令人感到驚奇。我是說，一個沒事開著胖卡到處born to run的咖啡大叔，夏天只穿著吊嘎就出來擺攤不害臊，怎麼懂這麼多古典樂呢？

阿昌一定也有自己的故事的吧。否則你怎麼解釋，他一眼就能洞穿我的寂寞，施展了這不可言說的魔法呢？

他肯定也是哭過愛過的吧，像他給我聽的拉赫曼尼諾夫一樣。

阿昌說，當他看到我失魂落魄出現在他的面前，他彷彿看見了那個很久以前也在雨夜中狂亂奔走的自己：那樣地不知所措，那樣地需要被什麼人指引。

他給我聽的那些古典卡帶，其實是送給他自己。藉由這樣的餽贈，以生命照亮另一段生命。

那一整年，阿昌來來去去。我交換了非常多的卡帶時光，喝了非常多的免費咖啡，讀了非常多的書準備重考。然而我還是沒有忘記林玟珍。

春去春又來，又是重赴戰場的時候。

放榜那天，我並不如其他考生焦躁，塞爆網路就為了查探自己的名字。

不知怎麼地，心裡頭有個堅定的聲音告訴我，某處將安放我的位置。國立也好，私立也罷，我肯定也有學校念的。

我只是安靜地回到了自己的房間，從櫃子裡的深處，搬出一年前她放在我家門口的大紙箱。

我想我終於有勇氣面對過往了。

那些我曾轉錄給她的自製帶，她都不要了；那麼我是否也應該從容地為它們找到，一個安身立命之所呢？

當我打開紙箱，我不敢相信自己的眼睛。

那不是我轉錄給林玟珍的卡帶。

那是一整疊林玟珍轉錄給我的撫慰之歌。上面還有一封親手寫的信，雖然已經一年多了，筆墨還像是昨天剛寫的一樣新。

她說她會等我。這些夜裡拚命轉錄給我的卡帶，就是始終在乎我的證明。信上又寫著，她希望我未來重考的日子裡有音樂相伴。每當歌聲響起，我會知道我從來不是一個人的。

雖然不確定我是否會打開這個紙箱，她說，每夜她都會在徐夢陶主持的廣播前等一個暗號。

如果我在節目上連續點播三夜蔡藍欽《這個世界》裡的歌，她會知道在這個廣大的世界裡，始終有她，也還有我。

但徐夢陶的廣播很難call-in進去，除非你有辦法打動他。

鼓起勇氣，硬著頭皮，我寫了一封長信給主持人，告訴他阿昌胖卡的故事，告訴他拉赫曼尼諾夫《第二號鋼琴協奏曲》帶給我的意義，也告訴他在夜的盡頭，或許也還有什麼人在等著我。

明知機率不大，我還是洋洋灑灑寫下這篇故事，以限時專送的方式投遞到電台。

出乎意料之外，第一個晚上，我點的〈聯考族的假期〉從收音機緩緩傳來。

第二個晚上，徐先生放了我請求的〈同樣的路〉。

而今晚，我怎樣也打不進去。

線路全滿，我熱切的心，一如席慕蓉那開花的樹，就要凋零。

然後我聽見廣播傳來不可思議的聲音。

主持人說今夜的點播也很有趣，連續兩天，都是蔡藍欽的歌，不過都是同一個男孩點給女孩的。今天卻是女孩點給男孩的。點播的人，一樣沒有署名。但她說這首歌，他聽了，他就會知道。在這偌大的世界裡，還有人始終陪伴著你。

這首歌是這麼開始的：

在這個世界／有一點希望／有一點失望／我時常這麼想／在這個世界／有一點歡樂／有一點悲傷／誰也無法逃開／我們的世界／並不像你說的眞有那麼壞／你又何必感慨／用你的關懷和所有的愛／爲這個世界／添一些美麗色彩……

在這些許寂寞的夜裡，廣播傳來如此輕柔的音樂，一切好像沒有變，我還是一個人。

但我已經有歌了。

我是有歌的人了。

＊蔡藍欽《這個世界》

蔡藍欽（一九六四年十一月十五日—一九八七年二月十四日）是一名台灣歌手兼詞曲創作人，二十二歲時因心臟疾病過世，以在身後發行的唯一專輯《這個世界》而聞名。專輯收錄的〈少男日記〉、〈聯考族的假期〉、〈同樣的路〉沒有華麗的修辭，卻以最真摯的歌聲訴說青春的迷惘，引起一整代年輕學子的共鳴。

＊拉赫曼尼諾夫《第二號鋼琴協奏曲》（Piano Concerto No.2）

拉赫曼尼諾夫（Sergei Rachmaninoff）在歷經一八九七年的《第一號交響曲》首演失敗後，有整整三年的時間無法創作。陷入低谷的他，還好遇到了達爾醫師（Dr. Nicolai Dahl）。達爾醫師對作曲家實施催眠療法，不斷暗示他「你一定可以寫出很棒的曲子的」。寫於一九〇〇年的本曲，就是拉赫曼尼諾夫獻給達爾醫師的作品，也成為二十世紀最受歡迎的古典鋼琴曲目。

＊拉赫曼尼諾夫《第一號交響曲》（Symphony No.1）

一八九五年，拉赫曼尼開始創作《第一號交響曲》，但他的心血卻在二年後首演時，在缺乏排演的情況下，遭受災難性的批評，而這也讓拉赫曼尼諾夫陷入三年的憂鬱。後世新的演出和錄音，則證明這首曲子的不凡。和《第二號鋼琴協奏曲》糾纏的殊妙因緣，更增添了這首曲子的傳奇性。

咖啡無伴奏組曲

下午一點十分，吃完中餐後剛剛躺在床上小憩，金面人就打電話過來。

「東西來了。」他不露聲色地說。

叫金面人是因為他善於隱藏自己的喜怒哀樂。金面人是巷內人才知道的Keyman，他是你所有寶藏最後一塊拼圖的領路人。

也許看太多了，金面人自己對聖杯卻毫無所感。他早已練習一種純熟的麻木，深知在他這個歲數了，任何情緒波瀾都是不必要的，也可能是對健康有礙的。

他理性中帶有世故老成的刺。我常常懷疑，每當我在他面前焦急地打開那些首版黑膠的猴急樣，肯定讓他在心底狂笑不已。

但這次不同。

在不帶一點感情的那句「東西來了」，他加了另一句啟人疑竇的話：

「這批很純。」

我立刻從床上跳了起來。難道金面人的假面要被打破了？

他找到了卡薩爾斯錄製的巴哈《無伴奏大提琴組曲》*。

這有什麼稀奇？我連原始盤帶都聽過呢！身為一間二手唱片行的老闆，又從小被訓練練習大量的古典曲目，怎麼可能不知道這套震古鑠金的傑作呢？

不，你不懂。早在那份深具琢磨的官方版錄音之前，就有人說卡薩爾斯錄下了《巴哈無伴奏》的部分曲目。

「一定不好聽，聲音又乾又澀。」我抗議。

「就說你不懂。」金面人語氣中難掩被打斷的不悅。

「不，這比官方版的那套更棒。想想看，卡薩爾斯發現了巴哈，而這套就是《無伴奏大提琴組曲》在人世間第一次，重新出土的靈光時刻。也許少年的卡薩爾斯還不是大師，也許他的琴音還有火氣，也許他的見識也還不夠，但這都無法抹滅一個事實：當他的大提琴在空氣中振動出第一個幻有似無的波長，當人們都還來不及準備怎樣解讀它的時候，雷電般的音符早已穿越了整個歷史。」

金面人的說法說服了我。雖然明明沒有聽見這份不可能的錄音，我卻真真切切地看見眼前有一俠客，拔寶劍號曰「龍泉」，在天地之間鑿開了生命。

那名年輕劍士，就是卡薩爾斯。

「你聽了嗎？」我不安地問。

「還沒有。這是比黑膠還要脆弱的蟲膠②。我不敢放。每放一次就會鑿刻出深深的溝紋，對音質有不可回復的傷害。等你來，你來了，我們一起聽。」

我克制住心中所有的疑問，諸如他怎麼可能知道卡薩爾斯有這張名不見經傳的首演版，或是，他就算知道了，又去哪裡取得這寶貴的原始蟲膠呢？

關於金面人的一切，其實都是未知。

他可能是我的朋友。但談得上一個「好」字嗎？我自己也沒有答案。

有時我懷疑我們的關係建立在金錢上，而非靈魂的交流。

但金面人似乎從來不擔心錢的事。常常他讓我欠帳又欠帳，這次見面付給他的款項，可能是上個月的唱片費用。不，是上上個月，是半年……是去年。

我底心湧起某種一廂情願的想法。

他不缺錢。

他缺的是有人陪他一起聽唱片。

§

金面人擅長說故事，幾乎和他擅於隱藏自己最深的情感一樣高竿。

比起精通找到名不見經傳的逸品，他如鬼神的魔法在於隨口就能編織出一個全然架空的音樂世界，而你難分真假，卻又不得不醉心地墜入這個幻覺。

他的書架上沒有一張海飛茲*的小提琴演奏唱片。

第一次見面，我就為他廣大的收藏片海所嘆服。

但，為什麼他沒有任何一張「小提琴之神」海飛茲的唱片？

金面人似乎讀出了我的心事，從架上拿下一張光頭佬的黑膠，小心翼翼地吹掉落塵。當唱針和唱片接觸的那一瞬間，我感到時間不斷地倒退。

我發誓我從來沒有在任何一張小提琴演奏唱片中，聽見這種亙古悠長的時光緩慢。至少，我可以很確定，狂飆的海飛茲不是這樣拉的。

海飛茲不只是快而已。他像是奧林帕斯山上的天神，睥睨著人間。

海飛茲有一個高度足以辨識的音色，粗礫的、硬石狀的，樂團越白熱化，琴音就燒得

②蟲膠是比黑膠更早的音樂載體。「蟲膠」（shellac）是一種天然的可塑性原料，是東南亞一種常宿於樹上的膠蟲（學名：Kerria lacca，俗名：紫膠介殼蟲）堆積而成。與黑膠相比，蟲膠質地更輕，單面能錄下的音軌更短，保存也較不易。

越旺，最後捨去了肉身，熔鑄成一顆烈焰裡的寶鑽。

但封面上光頭佬的演奏，卻全然不是這麼回事。

相較於海飛茲那種技巧高超到幾乎不近人情的演奏，光頭佬的琴音肯定放到火裡，怎麼燒也成不了一顆燦亮的明星。

他的音色簡直古樸到了極點。

可是在那蒼茫憂傷的慢板之中，有什麼難以名狀之事物被召喚了出來。你突然全身不自覺地顫抖了一下。那種心動的神祕感覺，離海飛茲很遠，離你，很近。

就在此時，金面人說話了。

「這位小提琴家叫艾爾曼*，是海飛茲的師兄，也是歐洲沙龍派的最後遺緒。」

「沙龍派？」我在心中不斷玩弄這個奇特的名詞。

「相較於戰後那種如雨後春筍似的競演方式，我是說，像海飛茲那種花腔女高音式的技巧展演，艾爾曼註定要在歷史的洪流中隱無了。歐洲沙龍是一種公開又極其私密的社交聚會，其目的從來不是要大刀賣弄技巧，更像是朋友之間的互訴衷曲。慢慢地說，永遠為你守候，只要你肯靜心下來，全世界都為你敞開。」

我立刻就為他的說法感到心蕩神馳。在那一秒上，無須多言，我也就了然為何他架上沒有一張海飛茲的小提琴演奏。

艾爾曼是老成的，更接近鄉愁的靈魂繾綣，是你在盲亂的人世濁流中，再也難以復刻的生命印記。

我突然想起了滿腹子墨水的教授阿昌，曾經告訴我哲學家班雅明在《迎向靈光消逝的年代》裡提到大量可複製的機械性，如何瓦解了我們對於真實的認識。說得更白些，是消費主義如何瓦解我們自身存在的意義。我們變得更喜歡機器和符號，離生活卻越來越遠。

金面人不是這樣的。他離生活很近，他的品味無懈可擊。

然而他的音響重播器材竟然不是百萬千萬的那些江湖銘器。他只用一台樸素真空管機推動模樣貌不驚人的老古董喇叭。

像艾爾曼那樣的樸素，古拙機器內在爆發的小宇宙，唱出了不可能的高音C。

那是我為金面人傾心的第一次相遇。

從命定的相遇後，我就知道自己挖到了寶。

我開始向他不斷請教重播器材的細微差異、唱片銘盤和不世出的逸品去哪裡找。

雖然知無不答，金面人總給我很冷的感覺。

我想他心裡一定有個很荒涼的地方，那是寂寞和蜘蛛爬滿的絕境。

除了唱片和器材以外，金面人從來不跟我提他生命中的任何事。

他肯定也是哭過愛過的吧，否則你怎麼解釋，一個人能有多深厚的生命容量，去承載那些樂音裡最幽微最哀傷的情思？

否則你怎麼解釋，他為什麼總是看起來那麼冷？

有一次，在細雨紛飛的冬夜，唱片行裡沒有人來，我索性把店早早關了。疲憊的我毫無食慾，索性走進了街角的那家咖啡館，想點杯可以無限暢飲的黑咖啡，說服自己這不是一個那麼糟的週五晚上。

我在點餐的櫃台一眼就認出了他。他不是顧客，他是服務生。

「怎麼你會在這裡？你又不缺錢？」

「跟你說過多少次，錢不是最重要的事。」金面人話中的刺，又冒了出來。

「那你怎麼在這裡？」

「他們店裡裝文青的唱盤放的音樂難聽，我受不了。我和經理說好了，讓我放自己帶來的唱片，我幫他們手沖咖啡一個晚上。」

「那他們不是賺死了？」我說。金面人露出一個難得的微笑。

我知道金面人手沖的咖啡風味絕佳，每次到他家挑唱片，他都沖給我喝。其實我不太了解各支單品豆的細微差別，也不了解何謂有煙燻或有莓果的香味，但我知道那張被他隨意擺放在唱片堆裡，一張泛黃英文紙頁上面寫著「Certificate of the World's Finest Barista」是什麼意思。

金面人就是這麼自由，來去自如，仿若世間不存在任何規則。縱使有，那些規則也不是為了約束他而被創造出來的。

週五的深夜咖啡館，打扮時髦的店員，習慣放一些沙發音樂。

但今晚的咖啡館由他作主。

窗外的細雨仍然不斷地飄下。沖完我的肯亞ＡＡ後，他氣定神閒，在唱盤上轉動了他那珍愛的老唱片，讓心事不斷隨著音樂滑落開來。

咖啡館老舊的Tannoy喇叭傳來一陣觀眾如雷的掌聲。接著是有些虛弱的手在鋼琴的擊弦系統上，試圖留下一場風景、一道光、或一次和空氣的神祕接觸。彈到極弱處，你感覺自己的心是揪得那樣地緊，極強處卻又得不到應有的華彩炫麗。你嘆了一聲，鋼琴家終究是走到最後一哩路，在雪地的足跡瞬間就要消失地無影無蹤，好像從來就沒有來過。

那是大師和時間的拔河，「鋼琴上的聖徒」李帕第*，在法國貝桑松的最後現場演出。一九五〇年九月十六日，那時他才三十三歲，身體卻飽受病魔的侵襲，是靠著施打強大的嗎啡，憑藉著驚人的意志力，才能勉強走上台前。

音樂會結束前的最後幾個小節，李帕第拖著疲憊的身軀，仍然試圖和命運搏鬥，在鋼琴這無生命的機械構造中，灌鑄靈魂的模樣。

咖啡館沒人發現。他們剛剛從歷史的廢墟中，聽見最後一道藝術的幽冥鬼火。

金面人全不在乎。他的唱片不是播給他們聽的。

也不是播給自己聽的。

他是播給我聽的。

§

下午三點二十分，我來到了金面人的家門口。想像即刻就能聽到年少卡薩爾斯琴聲初動的巴哈之歌，身體不由得顫抖了起來。

我按了門鈴，遲遲沒人出來應門。我心裡有種不祥的感覺。

我把耳朵靠近門口，想聽見屋內是否有什麼動靜。除了一縷巨大而平穩規律的噪音之外，似乎什麼都聽不見。

我感覺那聲音有些熟悉，一時之間卻又想不起是什麼。

突然一陣雷電通過我的腦袋，我才頓悟那不是什麼奇怪的噪音，是唱片唱到底，唱針和溝紋不斷來回磨擦產生的一段空白間奏。

我汗毛直立，如果金面人在屋子裡，他不可能放任針尖這樣漫無目的割傷歷史的容顏。

但他如果不在屋子裡，又有誰裡面放唱片呢？

我衝到樓下管理室，問管理員有沒有備份鑰匙。

管理員看我臉色不對，猜想可能發生了意外，馬上就按了緊急電話。

不到十分鐘，轄區的巡邏警官就撬開金面人深鎖的大門。

在此之前，我已經在心裡想像最壞的可能。以為這樣，當最壞的事情真的發生，至少我不會手足無措。

至少，我還有一點血色，足以支撐我繞過案發現場，到唱盤上把唱臂舉起，搶救一張最珍貴的蟲膠唱片。

只是當我真正踏入門內，雙眼凝視事物的核心，我依然驚懼不已。

金面人坐在椅子上。雙目緊閉而安詳。

在那瞬間，我知道他已經永遠離開了。午後的這場赴約，竟然以他電話中的回音劃下休止符。

我想我永遠不會知道，臨終前播放卡薩爾斯祕藏版巴哈《無伴奏大提琴組曲》的金面人，腦中最後閃過的想法是什麼。

我心中只有無數的疑問。

他為何沒等我，就先播了這張唱片呢？

他那安詳的神情，好像領悟了人世間什麼最深的道理一樣。如果說唱片裡有祕密的話，那祕密究竟是什麼？

我來得太遲，珍貴的原版蟲膠，已被粗大的鋼針磨損得面目全非。

不甘心歷史就這樣被消音，我把蟲膠拿給專門修復古老唱片的技術人員。

二週後，他們以簡潔不帶任何感情的方式捎來電子郵件，有那麼一瞬間我以為這是封由機器人撰寫而成的制式回覆：

「林明俊先生您好，

首先感謝您信賴並採用本公司最新的奈米級唱片修復技術。經過本公司日以繼夜不停歇的微件重組，很抱歉必須在此告知您結果一無所獲。不過請勿擔心，預支的修復費用將於您收到信件後七天內退還至您的指定帳戶，屆時再請您確認款項。

至於您提到的傷痕，是由粗大的鋼針來回磨擦導致修復失敗，本公司在此持保留態度。然而原因並不比修復的技術更複雜。鋼針造成的傷痕並不足以使原有音樂訊號完全漏失。要讓音樂訊號完全不見只有一個可能：那就是，自始自終，唱片根本就沒有任何訊號。換言之，這其實是一張空白唱片。」

時至今日，雖然時間已經輾轉又過了八年，我依舊不知道那天下午的唱片邀約，究竟發生了什麼事。

我始終拒絕相信，金面人臨終之前，播放的是一張什麼都沒有的唱片。

然而我心裡卻又無比清楚，這張科學上可以被檢驗的「無效唱片」，和金面人的謎樣之死，有著莫大的關連。

是不是他知道自己就要告別這個世界了，打電話叫我快來。他有話要跟我說。

他那句可疑的「這批很純」是否別有深意？指的不是唱片特別好特別有趣，而就是字面上原本的意義。純，就是什麼都沒有；純，就是什麼都可以有，卻還沒有發生。像是蒼穹中的一道魅影，你知道就在那兒了，伸手去抓卻什麼也沒有。

我請教過無數唱片耆老，詢問他們關於卡薩爾斯是否真有這張年輕時祕錄的第一套《巴哈無伴奏》。

他們都搖搖頭，卻又面帶陶醉地跟我說：「呵呵呵少年欸，我聽唱片這麼久，什麼發燒名片沒聽過。要是你哪天真的找到了這一張，別忘了回來找我啊。」

我心中不斷閃過那些唱片耆老陶醉的神情，想起金面人若是活到現在，跟他們的年紀應該也相去不遠。金面人永遠那樣有智慧有見地，縱然現在我又虛活了好幾歲，幼稚的我在他面前，一定還是顯得相當無知吧。

剎那間，我領悟了一切。

當日金面人打給我，是真的有話要跟我說，跟一個「年輕的」我說。

這麼多年了，我一直以為他有什麼沒說的話，如今終於發現，如果有什麼話，他早就在那通電話說完了。

他說的是「年輕的卡薩爾斯」初次拿起琴弓，試演巴哈的那個電光石火瞬間，歷史都在輕輕晃動的故事。

但金面人講的其實不是卡薩爾斯：或者說，他還影射著另一個人。

那個人，那個當日我心中浮現而手持龍泉寶劍的年輕俠客，在天地間試圖鑿開生命的人，不是卡薩爾斯。那個人，是我。

金面人必定早就看穿我的迷惘。在咖啡館的偶遇其實不是偶遇，恐怕是他費心設計的橋段。他隨意就扮演起一個手沖師，安心地為我播放李帕第的最後一場獨奏。整場偶遇是那樣地泰然自若，一點都沒有違和的感覺。

金面人知道我常去那家咖啡館，試圖打開電腦，寫下一點什麼故事，卻總是裹足不前，一個字也寫不出來。

他知道我被自己的身分綁住了。我被自己的視野綁住了。

我只是混吃等死、再平凡不過的二手唱片行老闆。這樣薪水和內心都過於貧窮的傢伙，怎麼可能創造出什麼偉大的作品呢？

在金面人的字典中，從來就沒有身分這件事。作家、咖啡師、黑膠達人，這些都是不具意義的名詞罷了。這些都只是框架罷了。

只要他願意，一秒就可以跳向最遠的地方。身分和職業之間巧妙的轉換，根本不是困難的事。

而我不是。我依舊困在自己的身分之中，想要逃出舊殼，卻怎樣也動不了。多少個深夜，我在無人的咖啡館久坐，任窗外雨滴飄下，螢幕上卻連一顆像雨珠般的標點符號也打不出來。

身為平凡人，一個什麼也不是的魯蛇，就該認命，別老以為自己可以敲響什麼鍵盤的《命運交響曲》。年輕的我，在焦慮中不斷跟自己這樣說。

我終究什麼也沒寫出來。

直到我聽懂了這張「什麼也沒有」的無效唱片。金面人所有要講的話，全在這裡了。年輕的卡薩爾斯《巴哈無伴奏》是假的。但「我」是真的。

他挖空心思，編了這樣一個憂鬱哀傷的故事，還給了我一張空白唱片作為線索，要我解開生命的謎團。

這張什麼都沒有的唱片，就是他向我邀舞的一個真摯承諾，像是在說，唱片的溝紋還沒刻下，華麗的樂符也還沒落下，但我知道你就要揮動翅膀了，你就要歌唱了。

如果你願意的話。如果你夠勇敢的話。

這麼多年來，我一直以為金面人內心有個荒涼的地方。我以為他的不苟言笑，是拒絕愛與憎恨的自保方式。

其實我才是那個荒涼的地方。我不夠相信自己，也未曾為自己真正地勇敢過一次。

他給了我一張空白唱片和一個不可能的故事，像是在說，「寫下你的故事吧，在你的電腦上刻蝕你存在的印記」。

他以他的死亡，換取我的重生。

今夜的我，和阿昌交換了這樣看似不可能卻真切發生的故事。然後阿昌鼓勵我，不要辜負金面人，最好的方式，就是寫下那些閃閃發亮故事。爵士也好，古典也罷，街頭傳來的芭樂香頌也很可以。如果不知道從哪裡下筆，胖卡的「好咖啡交換好故事」就是最好的起點。

於是我開始寫下這些星夜裡顫抖的靈魂絮語，用音樂記得那些雨中的淚珠，和咖啡香裡浮現的愛情容顏。

我想用文字記得這樣的你，那些火裡來水裡去的人生路。

在萬物終得消逝之前，我想用文字記得這樣的自己。

這是我的《咖啡無伴奏組曲》at凌晨三點半的胖卡，如果剛好有什麼人碰巧也在這裡的話，我知道我終究不是一個人的。

而你也不是。

＊巴哈《無伴奏大提琴組曲》（Bach: Unaccompanied Cello Suites，BWV1007-BWV1012）

巴哈擔任科登宮廷樂長期間，為大提琴譜寫的六首組曲。很長一段時間，這套作品未受重視，直到卡薩爾斯（Pablo Casals）在舊書攤偶然發現了巴哈的樂譜，在一九三〇年代留下了此套作品第一份錄音，才引起了廣泛的注意，成為二十世紀最受歡迎的古典作品之一。

＊海飛茲（Jascha Heifetz，一九〇一年二月二日－一九八七年十二月十日）

雅沙．海飛茲，俄裔美籍小提琴家，公認是歷史上最偉大的小提琴家之一。關於海飛茲的傳奇故事無數，我自己最喜歡的一則是，當大師克萊斯勒（Fritz Kreisler）聽見海飛茲的琴聲後，他只說了一句：「現在我們可以把我們的琴都折斷了。」

＊艾爾曼（Mischa Elman，一八九一年一月二十日—一九六七年四月五日）

米夏．艾爾曼，俄裔美國猶太小提琴家，以琴聲優美動人而聞名於世。雖然和海飛茲師出同門，演奏卻各異其趣。海飛茲的琴音精準無比，演奏時幾乎不帶任何表情。艾爾曼卻是有名的慢，如泣如訴的低迴緩板，常能觸動靈魂最柔軟的部分。

＊李帕第（Dinu Lipatti，一九一七年三月十九日—一九五〇年十二月二日）

羅馬尼亞鋼琴家、作曲家。李帕第身體一直很不好，知名的法國貝桑松鋼琴最後獨奏會（The Last Recital Live at Besançon International Festival），是靠著強大的嗎啡和意志力，才能勉強站到臺前，演奏出不可思議的音符。

府城意麵

二〇一五年七月十二號晚上八點十八分，學長在小詩人書店觸碰了我的手。

學長是古典音樂社大我二屆的鋼琴家。那天社團在學校禮堂舉辦期末成果發表會，來的人並不多。因為巧的是，大我三屆的李晴學姐，也在那天推出她的第一張個人鋼琴專輯。專輯發表會就辦在小詩人書店。

社團成員一半都去聽李晴學姐的獨奏了。雖然外頭此刻雷雨交加，他們還是確信，李晴的美麗臉孔，能夠召喚最溫暖的呢喃。

來學校禮堂聽社團成發的，只剩小貓兩三隻。而當天下午學長彈出了他畢生最好的一次演奏。我覺得好可惜，因為學長用靈魂發出的聲音，像是真空中最深情的吶喊，所有企圖，恰好成了瓦解自己的反作用力。越努力，越失敗；越想被聽見，越快被消音。

無人知曉的夏日午後，所有吶喊和擁抱，你通通都看不見。

而我呢?那天連出場的機會都沒有。

為了在老師面前有最好表現，我一個月以來加緊練習，卻在上台前一刻被社團指導老師大罵：「沒有靈魂就算了，連技巧都沒有！」

最後眼淚只好不停地下，我逃離了禮堂。原以為根本沒人在乎我有沒有上場，卻在小劇場角落的樓梯旁被學長發現。尷尬的是，我的肚子卻在這個時候叫了起來。

「妳餓了嗎？我想也是。想當初第一次發表會，為了要把最好的表現給老師看，也是狂練到忘了吃飯。這樣吧，妳想吃什麼，我請客好不好？」

這就是我們自從迎新後第一次深入的面對面談話，以一碗鍋燒意麵開始。

但這碗鍋燒意麵卻吃得很辛苦。

我跟學長說我想吃麵，可能當時多少真的很想家吧。可是學長帶我吃的麵店，意麵竟然都不是台南老家那種黃澄澄、酥炸到好處的麵條（技巧在於不能煮太軟。稍硬的吃，口感最佳）。

越吃我越難過，熱湯碰上了我的淚，成了一碗世上最鹹的海鮮湯麵。

學長這才知道我是台南人，二話不說，錢付了就帶我走。他說他知道，捷運站前有條寧靜巷子，進去轉個彎會看到一間府城意麵，專賣我喜歡吃的這種南部硬意麵。他為什麼知道？因為李晴學姐也愛去那裡吃。

因為學姐，也是台南人。

我們抵達「府城意麵」時，店家已經快要收攤了。不過老闆跟學長好像很熟，還是煮了碗意麵給我們吃。攤子外面的雨還下個不停，一陣暖流卻通過了我的心。

我從來都沒有嘗過這麼甜美的意麵湯頭。而這正是我熟悉的味道，一種被擁抱和呵護的幸福感受。

吃完麵的時候，學長突然說，「都這個時候了，李晴那邊應該也散得差不多了。這樣吧，我們就走去小詩人書店，雖然無法聽完獨奏會，至少可以買她的CD支持一下。」

晚上八點十七分，我們走進小詩人書店。我為什麼記得那麼清楚？因為在那一分鐘，李晴剛好站了起來。當她的眼神對到我的時候，我不由得全身打了個冷顫。就在此刻，學長意外地牽了我的手。

那一秒，正是八點十八分。學長在書店第一次，碰觸了我的手。

那一刻，我才知道，原來他們比好朋友更好。

那一刻，書店的空氣揚起了李晴專輯裡的第八首，那是馬勒《第五號交響曲》＊第四樂章鋼琴改編版：稍緩板的情書，作曲家寫給妻子艾爾瑪的知名作品。

這個樂章，既甜蜜又深沉、既憂傷又撫慰人心，如黑夜裡偶然綻放的煙火，足以照耀最蒼涼的背景。

馬勒曾在手稿寫下，「to live for you, to die for you」，為妳生，為妳死。這是多麼深情的呼喊和告白？

那一刻，被學長碰觸的手很緊。可是不知怎麼的，心更緊，緊到要喘不過氣了。像是終於理解了什麼。像是終於知道學長為何故意把社團成發會，排在和李晴專輯推出的同一天，而他下午竟然彈出了那樣美的鋼琴獨奏。

沒人來的社團成果發表會。我以為他彈給我聽。

在他的世界，我以為我是他的唯一。

那天晚上我和學長第一次在府城意麵嘗到了甜美，也第一次嘗到苦澀。

從那天起，我們就只是臉書上的好友。哪怕生活在同一個城市，在同一棵鳳凰木下停歇，用同一間琴房彈同一架鋼琴，我們各自的生活如此精彩，卻再也不可能相遇。

§

這麼多年了，意麵攤早就不在。但我還是常來這裡，想起曾經有人這麼在乎過我。

這麼多年了，小巷人去樓空，我們的青春，也早就褪色得彷彿不曾發生過。

而今夜原本空蕩的巷子，意外停了一輛胖卡。我不敢相信自己的耳朵，在那樣寂寞的夜裡，傳來如此熟悉的曲子。突然間，我又陷入了回憶。

伴隨著曲子的，還有濃濃的咖啡香。

喔，原來是一間行動咖啡館哪！

我幾乎是不假思索就點了一杯深焙的黃金曼特寧，連小黑板上寫什麼價格，都置若罔聞。等到咖啡端到我的面前，胖卡老闆養的小貓喵了一聲，我才驚覺忘了帶錢包出門。

「忘記帶錢包了嗎？這裡的客人好像常常都這樣。沒有關係喔，重點是咖啡好喝吧？」老闆看著我不知所措的樣子，溫柔地說。

接著他順手一指小黑板的方向，上面寫著：

「好故事交換好咖啡」。

我從來沒有聽過用故事可以交換咖啡的。我在臉書的二手社團交換過不少東西。例如穿了一個冬天就過季的衣服、例如用到一半的香水、例如一本曾經很喜歡的舊日情歌簿。

例如遠方的一張沙發，讓我在神傷獨自旅行的時候，找到一個可以暫時安歇的角落。

例如李晴的第一張唱片，而那張我早就不要了。

事實上，我連拆也沒有拆過，上面還有李晴的簽名呢。答應交換唱片的對方，是個初學鋼琴的年輕男子。約我在捷運面交的時候，他那喜不自勝的迷弟表情，到現在我都還忘不了。

儘管和這麼多人交換過幾乎是半生，我卻從來沒有聽過好故事可以交換好咖啡的。胖卡老闆特調的曼特寧的確很好喝，但我並非一個有故事的人。

或者說，我的故事那樣的殘破，對比我漏洞百出的人生，又能交換得什麼好咖啡呢？

但胖卡老闆誠懇而篤定。他慎重地為我再沖煮一杯咖啡，但這次不是焦灼的黃金曼特寧了，是爽口又回甘的日曬耶加雪啡。

然後他輕聲對我說：「我們有的是整夜的時間。」

就在此刻，車上的音響座艙突然跳了起來。

音樂停止了。我才發現，原來剛才一直播放的是卡帶。

卡帶再一次召喚了並不如歌的往事，我就在B面第一首的蕭邦《夜曲》*放送中，向胖卡老闆傾訴我的故事。雖然才第一次見面，這裡卻有種似曾相識的熟悉感，讓人覺得把自己交了出去也不會受傷。

就在我交換完故事的當下，不可思議的事發生了，手機裡傳來學長的訊息。

打開訊息，原來學長邀我去參加小詩人書店告別派對。在小詩人書店的最後一夜，所有曾經在此演奏的音樂家，將再一次獻上他們的祝福琴聲。

而我只能已讀未回。

已經好多年沒有見面了，不知為什麼，我們在臉書上還是互為好友的狀態，卻平淡地好像一首被彈壞的夜曲，什麼也撩撥不了，就連什麼傷害也造就不了。空白的心，不論好壞，拒絕感知，也拒絕被感知。原來，極哀並非心死，是連心的存在都不知道了。什麼都不知道了，又怎麼知道它早就死掉了呢？

我什麼也沒感覺了。我什麼都沒有關係了。這個或那個，好像也沒有什麼差別了對不對？

天空倏地下起雨來。好管閒事的胖卡老闆，催促我一定要去參加這場派對。

「呵呵呵，我年輕的時候，也常在那裡看書呢，讀了不少莫泊桑的短篇故事和波特萊爾的詩。也聽過書店老闆邀請一些新銳音樂家的演出。雖然當時都還沒有名氣，但法國老闆總相信他們的潛力無窮，親暱地稱呼他們『我的小詩人』。唉，沒想到也敵不過疫情，要關門了。」

我走進告別派對的時候，李晴也來了，正在接受眾人的喝采。她的心冰冷如霜，更適合李斯特那些令人吃驚的《超技練習曲》*而非拉赫曼尼諾夫《帕格尼尼主題狂想曲》*的第十八段獨奏：那是超人克拉克在電影《似曾相識》（Somewhere in Time）和時光裡那觸不到戀人的破鏡重圓之歌，也是當日學長成發演奏的困難曲目。

這麼多年了，他不可能在李晴之後，再次演奏這首曲子對不對？

我們仍舊只是臉書的好友對不對？縱使我們從未在對方的塗鴨牆上按讚，也知道彼此保持這樣的距離就好。只不過是一碗意麵而已，他從來就沒有別的意思；只不過是一首成發的《帕格尼尼主題狂想曲》，從來不是為了誰彈奏。

李晴彈完了，現在換學長坐在那裡。眾人屏息，不知道這位事業如日中天的青壯鋼琴家，要端出什麼重量級曲目，作為告別青春的最後一次揮手。

不會是貝多芬的《離別》*吧？那太沒有創意了。

過了幾分鐘，有些人已經開始鼓譟，而剩下的人，則心喜若狂，他們以為自己正在和鋼琴家重現一場偉大的音樂行動劇：約翰．凱吉的無聲《4'33"》*。

四分三十三秒，舞台上傳來了不可能的聲響，打破了一切寂靜。

那是他最討厭的蕭邦第十五號《前奏曲》，別名〈雨滴〉＊。

他討厭所有蕭邦的曲子。因為學長的琴音總是詩意，總是憂鬱，早就被冠上「蕭邦王子」的雅號。

他討厭極了這個雅號。他討厭自己被定型化。他討厭自己的可預測性，成為一種可被消耗的浪費。

在小詩人書店最後一個晚上，他終於打破了自己的慣性。這一次，他終於變得不可預測，以一首最不起眼的浪漫曲子，驚艷了在場所有人。

那是蕭邦寫給情人，在雨中等候的苦戀之詩。像是在反覆的自我詰問：她來了嗎？她怎麼還不來？今夜她到底來不來？

眾人因此刻絕美的靈魂在昇華而哭泣。他們從未在他的琴聲中，聽見如此虐心的自我鞭打。

我沒有哭。

我的眼淚在當年彈〈雨滴〉給社團老師聽卻遭大聲斥責的那一刻，已經流光。那時，他聽見了。他聽見了我那麼的傷心，期待安慰，期待不只是安慰。

然後他走過來了。他已經走過來了。他看著我的眼睛，看穿我的心事。他告訴我，一切都會變好的。一切都會不一樣的。

「吃碗意麵吧」，那時的他說，不顧整個城市都在下雨。

不顧眾人反對，此刻的他，彈著我曾經彈壞的那一首。

不顧宇宙反對，聽見琴聲，我走向他了。

我走向他了，而窗外的雨聲滴答地滑落。

樂曲介紹與音樂連結

*馬勒《第五號交響曲》（Symphony No.5）

馬勒（Gustav Mahler）在二十世紀的第一部交響曲作品，在連續三首含人聲的交響曲創作後，重新回到純器樂創作。第四樂章的稍慢板是作曲家寫給妻子艾爾瑪（Alma Mahler）的情書，其蕩氣迴腸的動人音符，廣為世人喜愛。

*蕭邦《夜曲》（Nocturnes）

一八二七至一八四六年間，蕭邦共創作了二十一首夜曲（Nocturnes），皆為短篇的鋼琴獨奏曲。右手如歌似的旋律，加上左手精巧的分解和弦，造就了夜曲如夢似幻、浪漫未已的特色。

*李斯特《超技練習曲》（Transcendental Études，S. 139）

《超技練習曲》（Transcendental Études），是作曲家李斯特（Franz Liszt）創作的鍵盤練習曲集，共有十二首練習曲。著名的第五首〈鬼火〉（Feux follets），被鋼琴大師李希特（Sviatoslav Richter）認為艱難無比。

＊拉赫曼尼諾夫《帕格尼尼主題狂想曲》（Rhapsody On A Theme Of Paganini，Op. 43）

拉赫曼尼諾夫在一九三四年創作的A小調二十四段變奏曲，由鋼琴獨奏配以管弦樂團伴奏，形式近乎一首鋼琴協奏曲。著名的第十八段變奏，曾被電影《似曾相識》（Somewhere in Time）引用。

＊貝多芬《離別》（Les Adieux，Op.81a）

《降E大調第二十六鋼琴奏鳴曲》，是貝多芬於一八〇九至一八一〇年間創作的鋼琴奏鳴曲。貝多芬將這首作品獻給好友魯道夫大公（Archduke Rudolph）。一八〇九年春天，拿破崙率領法軍進攻奧地利，大公一家人必須匆匆逃難，此曲就是在魯道夫大公與貝多芬離別時誕生的作品。

＊約翰・凱吉《4'33"》（Four minutes, thirty-three seconds）

《4'33"》是由美國作曲家約翰・凱吉（John Cage）創作的曲子。這部作品在演奏時不會演奏出一個音，所以常被稱為「四分半鐘的寂靜」。然而寂靜並非全然無聲，會隨著現場的觀眾反應而發出不一樣的聲響。

＊蕭邦《前奏曲》〈雨滴〉（Preludes，Op.28）

蕭邦依照巴哈的鋼琴平均律，將二十四個大小調分別依前奏曲和賦格的形式寫成的鋼琴曲目。著名的第十五號〈雨滴〉前奏曲，有著感傷的氛圍，從緩慢到急促，彷彿在雨中焦急地呼喚戀人的到來。在雨中等待情人的形象雖然或許只是穿鑿附會的故事，但無疑地讓〈雨滴〉成為蕭邦廣受世人喜愛的曲子之一。

小詩人書店

我和學妹是在館前路上的麥當勞認識的。

大學迎新的那一天，我和社團的工作夥伴早早就到麥當勞待命。佈置好場地，趁學弟妹還沒來之前，我們開始發揮無聊至極的後現代想像力，對名單上的新鮮人名字品頭論足一番。還好這屆的名字都不難念，但感覺也沒多有創意就是了，老一輩的期許還是可以在名字上發現蹤跡，叫龍稱鳳的，人數依舊不少。

但這個名字不一樣。這個名字很吸睛。她姓「常」，名字叫「姬兒」。讀出什麼端倪了嗎？說來有趣，「常」已經不是平常的姓氏了，叫「姬兒」怎麼不引人注意？

「姬兒」應當是父母喚自己小孩的小名才對，怎麼會把綽號當本名用？如果莎士比亞還在世的話，恐怕也會嘆聲道：「啊，姬兒，姬兒，你為什麼叫姬兒？」

姬兒出現的時候，並沒有帶有期待中的異樣神采。她不高，也沒有大一新鮮人甫從聯考熬過來，想要和生命大拚一場的活力。她相當安靜，帶有一抹憂鬱，選擇了一個角落的位置便坐了下來。眼神不經意交會的時候，她會不自覺地像是意識到了什麼事，然後假裝毫不在意，望向遠方，或望向餐桌上的牛肉漢堡。

此刻眾聲喧嘩，好不熱鬧的迎新派對，姬兒就這樣允許自己在一片吵鬧聲，完全地隱無了。

但始終有件小事說不過去。

也許在麥當勞用叉子吃沙拉不是一件太奇怪的事，但你看過連漢堡和薯條都用叉子吃的人嗎？也許我不該像個Peeping Tom，一直以眼角的餘光看她在做什麼。但整個下午，我只看到叉子把食物往嘴裡送的優雅動作。非常慢，以一種不想打擾世界、也不想被世界打擾的速度，持續地以叉子就食。

你知道我在說什麼嗎？我只看到叉子，沒看到她的手。或者更精確來說，我只看到穿戴著厚厚白色手套的手，沒有看到手的本體，偏偏那是熱到不行的九月天，誰沒事會一直戴著手套呢？

關於姬兒，一切彷彿都是未知。

迎新派對結束時，大伙都散了。除了我以外，沒人注意到她落了單。我問她：「妳待會怎麼回去？」

她眼神發出一縷異樣的神采，說她不回去，要到唱片行。

「啊，我很久沒去唱片行了。現在mp3很方便啊，用download就好」。為了不讓學長的身分漏氣，我刻意把download念得格外理直氣壯。

「可是我要的唱片，無法download。」她說，有些口音，聽起來像是「當若」，糊糊地帶有可愛的鬼靈精怪感，我想我在那一秒上，肯定像個白癡，因為我的心整個被她迷住了

「那是什麼唱片？」還在玩味她嘴裡發出來的當若是什麼，我才發現自己應該禮貌地發出一個合宜的問題。

「學長你來嗎？」她說。

我突然了解那是一句邀請的語法，是句法學的第一課：Yes / No問句。

我當然沒有理由說No。

姬兒坐上我腦中幻想出來的愛快羅密歐時，我覺得那句茱麗葉那句「Romeo, oh, Romeo. Why are you Romeo?」說得真是對極了，除了我根本沒有愛快羅密歐之外。

我只有小綿羊機車50。

彼時台北火車站附近唱片行林立，火車站又是人潮洶湧、龍蛇雜處的地方。雖然從麥

當勞到火車站，大概僅是吃掉一整包小薯所需時間的距離，我卻希望永遠不要停。

在圓環等紅綠燈時，學妹突然把手觸摸到我的腰際，我感到一種非常卡通式的場景，就在我身上發生了。

我觸電了。

那真是一種神奇的體驗。當她的手輕悄悄地搭上我的身體，有股可以稱為幸福的感受，衝上腦門。但旋之而來的，是她在那層厚重手套底下的右手，似乎在傳達什麼樣的神祕訊息，而我卻還茫然無所知。

推開唱片行大門時，學妹和店員交換一個眼神，店員便從櫃台底下拿出一個黝黑的物件，乍看並不起眼。然後她挑選了一個機台和一張CD，熟練地把那不起眼的物件插入播放機。

有趣的事發生了，店裡給客人使用的兩副耳機，瞬間就可以從同一台播放器聆聽相同的歌。原來那是「一轉二」音源分接器（splitter）！

學妹播放的CD是我熟悉的古典鋼琴曲，照理說應該沒有什麼驚喜才是，但不知怎麼的，那個下午，從分接器傳來的鋼琴如此溫柔，儘管窗外車水馬龍，世間卻彷彿只剩下我們，感受當下彼此心動的頻率。

我的心底有某個沉睡的地方被觸動了。

當天晚上，她在網路聊天室告訴我她為什麼叫「姬兒」。果然沒錯，姬兒就是我從小聽到大的鋼琴家「哈絲姬兒」＊（Clara Haskil）的姬兒，但她其實原名叫「季而」，隱喻的是四季皆然的愛。

學妹的父母是留學德國的音樂家，唯一的女兒總是視為掌上明珠，疼惜有加。學妹自小在音樂薰陶中的家庭中長大，血液裡早就流動著出色音樂家的基因。但音樂之路實在太苦，儘管自小就展露極高的天賦，她的父母卻憂心未已。

學妹父母自己當年在德國就是苦不堪言的窮留學生。學成歸國後，也只能在地方管弦樂團謀生。寶貝女兒五歲就能彈出蕭邦的《練習曲》＊，卻讓他們更焦慮了。他們乾脆狠了心，把她的名字從「季而」改為哈絲姬兒的「姬兒」。

哈絲姬兒也許是歷來最有天分和才華的女性鋼琴家，但她的命運實在太苦了。精湛動人的琴藝，撫慰了多少破碎的靈魂，卻完整不了自己悲慘的人生。她終身為病痛所苦，到了五十歲才勉強為自己買下一台音樂會用的鋼琴。

到了後來最困頓的時候，她每天都忍耐著極大的身體不適，以意志力和生命搏鬥。那時她已經沒有辦法和指揮家合演吃重的協奏曲了。也就是在此時，她和小提琴家葛羅米歐（Arthur Grumiaux）合作的一連串莫札特室內樂作品，綻放了不可能的光輝。那琴音乍聽乾癟虛弱，有些不太可靠的樣子。可是只要你細細品味，會發現其實是溫柔的絮語篇篇，是在雨中為你遮傘而自己身子卻淋濕了大半邊，是信仰的召喚，也是藝術的昇華。

雖然自小就接觸古典鋼琴，這些關於哈絲姬兒的點點滴滴，我卻從來沒有聽老師說過。如果不是學妹在聊天室上和我分享，我很可能永遠不會知道世界上曾經有如此感動人心的鋼琴家。正如我也不可能料想到，那天下午在唱片行，從分接器傳來的音樂，就是哈絲姬兒在世的天鵝之歌：舒伯特最後一首鋼琴奏鳴曲（D.960）*。

寫到這裡，我想你大概還不清楚，學妹為什麼要從「季而」改名成「姬兒」吧。這當然不只是諧音的關係，也不只是因為哈絲姬兒是學妹父母親深愛的鋼琴家，而是……和學妹厚重的白色手套有關。

唉，講到這裡我都快說不下去了。學妹自小雖然展現極高的音樂天賦，但她的右手七歲時罹患了怪病。小時候雖然還不怎樣，但年齡漸長，手指慢慢失去彈性和靈活度，不管怎樣都很難成為一位真正超拔的鋼琴家。

學妹的鋼琴之路，走得比誰都辛苦。

因為不忍愛女走上這條無望的路，學妹的父母索性把她的名字改成「姬兒」，用意是要提醒她，音樂大師背後的寂寞路。自有記憶以來，父母親就不斷告訴她哈絲姬兒的故事，每次都以令人不勝唏噓的生命結尾作為警語：哈絲姬兒是和葛羅米歐在前往布魯塞爾演出的旅途上，不幸在火車站意外摔倒逝世的。

好端端的一個人怎麼就會在火車站跌倒喪了命呢？因為哈絲姬兒一輩子以藝術為職志，然而身體的痛苦隨時相隨，最後壓垮駱駝的，往往只是一根毫不起眼的稻草。意志再堅強終有不敵肉體苦難的時候，可能只是眼皮撐不住垂了下來，可能只是一個未加注意的小咳嗽，讓我們不敢相信的悲傷結局，有了一個其實相當合理的解釋。

我想那天在小綿羊50上的觸電經驗，應該早就說明了一切。那雙挽著我腰際的手套下面，保護的其實是消瘦的右手掌。那時我只是一廂情願地以為，學妹的手感覺起來只是比一般人來的嬌小而已，渾然不知那雙手套底下，隱藏這麼曲折的人生。

後來的故事，或許你已經猜見。姬兒屈服了，選擇一個相對平穩而沒有風險的系所，卻瞞著父母親，偷偷參加古典樂社。我記得第一次社團成發在學校禮堂，沒有什麼人來，而我在後台撞見學妹發瘋似地練琴。

那個揪心的場景，儘管過了這麼久，依舊歷歷在目。學妹忍受強大的病痛，在鍵盤上揮灑出不可能的奇蹟樂章，卻遭受到社團老師瘋狂叫罵。我心疼學妹，搶在老師面前，想要解釋什麼，老師卻氣沖沖地走掉。而我呢？說什麼也要鼓勵她，邀她去一個我從來沒有帶別的女孩去過的地方：台北寧靜小巷裡的「府城意麵」。

吃意麵的時候，學妹顯得非常開心。雖然台南意麵只過水幾秒就撈起來，吃起來硬硬的，學妹卻沒有任何抱怨。學妹說，這種意麵最好吃了，讓我有種家的感覺。

鍋燒意麵越熱越好吃，煙霧繚繞中，看著她那垂淚未乾的臉，我竟不小心脫口說出：

Mon petit poète!

「那是什麼？」學妹好奇地問。

我說那是一間法國人雷蒙先生在台灣開的書店。雷蒙先生很喜歡聖伯修里的《小王子》（Le Petit Prince）。在他的眼裡，每個人都是勇敢的小王子，用眼淚和時間灌溉著自己的玫瑰。原本想用Le Petit Prince當書店招牌的，但他也是個迷信的人，覺得直接用這個名字不太吉利，畢竟聖伯修里後來消失在地平線的遠方。喜歡讀詩的他就乾脆把書店叫做 Petit Poète，意思就是「小詩人書店」。

有意思的是，雷蒙的書店，不僅專賣「有趣但可能沒有銷路」的書籍（如他喜歡的詩集），他也非常喜歡音樂，會不定期邀請新銳音樂家到書店演奏。每個他喜歡的音樂家，在演出後都會得到雷蒙先生的飛吻，然後就是一句親暱的「Mon petit poète」，代表的就是他的認可，和他那絕無僅有的愛。

雖然這些演出都是免費，但雷蒙先生的朋友都是有名的藝文人士，因此常有不少星探潛伏其中。許多音樂家的出道之作，就在小詩人書店舉行。

學妹聽著聽著入了迷，臉上露出喜悅的神情。恰好當晚李晴學姊在書店發表第一張鋼琴專輯，我便大膽邀學妹一起到小詩人書店晃晃。不為別的，只因為李晴也是台南人。

「兩個台南的女兒在一起，一定會有很多話可以聊的吧」，我天真地這麼想。

沒想到這卻是一連串災難的開始。

千不該萬不該，我不該在看見李晴的時候，牽起學妹的手。我明知學妹不喜歡人家盯著她的右手，卻在李晴演奏馬勒寫給妻子艾爾瑪的烈火情書時，情不自禁牽起了學妹的右手。

學妹的表情倏忽地變了。

我覺得好過意不去，人家都還沒答應就胡亂牽起人家的手，說到底是個居心不良的傢伙啊。我太羞愧了，開始顧左右而言它。講到自己都講不下去的時候，我只好開始稱讚李晴現在彈得多好，以為這樣說，對右手不方便的學妹是正向的激勵，因為李晴小時候被認為是音痴，到了三歲都還沒有辦法哼出《生日快樂歌》。

從那刻開始，學妹就變了。我們依然在社群媒體上保持有禮貌但克制的社交，但我知道她的心，已經離我很遠了。

這麼多年了，每次想起學妹，我內心總是隱隱作痛。

這麼多年了，我仍時不時回到那個初相遇的唱片行，回味那首因二轉一的音源線而讓全世界音符都相形失色的舒伯特最後一首鋼琴奏鳴曲（D.960）。

但曾幾何時，站前林立的唱片行早就倒光了，連愛聽音樂的我們，也不時興「當若」（download）了。打開網路，就有海量免費的串流音樂，誰還當若呢？

但我始終沒有忘記她。我的當若，我的petit poète！

§

就在兩週前，雷蒙打給我，說現在生意太壞，已經沒有人看什麼紙本書了。他的書店原本就是苦撐，如今疫情這麼嚴重，大家都盡量避免出門，店內業績更是一落千丈，每天看著書店這麼冷清，他決定收一收不做了。

「不做了嗎？」我幾乎是自言自語，對著那頭的雷蒙這樣說。

「兩個禮拜後的今天，我將在書店舉辦告別派對。K你一定要來獻上你的祝福喔，Mon petit poète。別說現在成名的大鋼琴家，不願再光顧小店最後一次喔！」雷蒙幾乎是捉狹地說。

腦袋一時還沒有反應過來，我敷衍地回應，說我最近獨奏會行程很緊湊，恐怕沒有辦法趕上書店的告別派對。

結束通話的那一刻，我心虛了。

我哪裡行程很滿呢？就算真的忙得不可開交，雷蒙的書店要歇業了，我怎麼可能不親自到場致意呢？如果當年我沒有在書店初試啼聲，如果當年雷蒙沒有伸出善意的友誼之手，我怎麼可能走到這一步呢？

我沒有告訴雷蒙的實情是，他的書店承載了太多感傷的回憶。人們在那裡聽見我彈鋼琴，總是流下無數感動的淚珠，他們以為那是因為我的技巧很好，是天生的催淚大師。但他們不知道的是，我是怎樣仰賴著和學妹的片片回憶，彈著那些碎心曲調的。

他們不知道的是，無數夜晚在小詩人書店綻放的，是一名少年鋼琴家的自虐之詩。

在小書店逐漸打開名聲之後，我的人生有了不一樣的新篇章。新的錄音計畫、新的公開巡演。我把自己活得那樣的忙碌，好讓自己有藉口揮別那樣的過去。

所以你說，我怎麼能夠鼓起勇氣，再度踏進那間無望的初戀書店呢？

我心裡這樣思忖的時候，腳底卻開始癢了起來。於是我決定重訪唱片行。

我以為這樣做，腦海裡就會重新聽見舒伯特那首寂寞的鋼琴奏鳴曲。那曾經讓我的青春，漾起了無數光彩。

但唱片行早就不在了。取而代之的，是一輛播放著音樂的胖卡。定睛一看，竟然還是一間行動咖啡館！角落的小黑板上面寫著：

「好故事交換好咖啡」。

情有千千結，剪不斷，理還亂。煩悶的心，的確很需要來杯好咖啡。

我就是這樣的光景下，走進了這裡，既走慢了阿昌的時光，也走慢了自己的半生琴緣。

雖然認識才沒幾分鐘，卻彷彿前輩子已經來過。這裡的咖啡是那樣地順口；這裡播放的卡帶，聲聲切中我的靈魂。在莫札特《小星星變奏曲》的熟悉琴聲中，我卸下了心防，然後我告訴阿昌一個最大的祕密。

當我交換完絕望的故事，咖啡已經多喝了好幾杯。而臉上的淚，沒有停過。

我就這樣陷在自己的回憶裡，要不是胖卡家貓小福喵了一聲，我不會發現時間已經這麼晚了。

就在這個時候，阿昌告訴我，小詩人書店他年輕時也常去，餵養了他飢渴求知的心。他勸我不論如何，作為一個台北城最美麗的風景，也作為一個時代的印記，一定要到場給雷蒙先生一個最親切的鼓勵，讓他知道，我們都曾因為他的堅持，活成這城市裡歌詠生命的小詩人。

「K一定要到喔。因為我也會去。這麼多年不見了，我也想知道雷蒙先生是否安好。」

我沒有留下肯定的答覆。但臨走前，阿昌問了一個奇怪的問題，我卻馬上答了出來。他問我那間「府城意麵」在哪裡。他說他也喜歡意麵，喜歡冬天裡喫著溫暖的麵，彷彿世間再大再寂寥，他的渺小存在也會被一碗拉麵，親切地讀懂。

我說「府城意麵」就在公館捷運站出口的那條寧靜小巷。但這麼多年過去了，我也不知道是否還開著。

他露出一抹至今我難以忘記的微笑，微小卻幸福，就像胖卡上昏黃卻令人安心的鎢絲燈泡，和即將迎接破曉的台北城一樣美。

那是我第一次見到阿昌，而那改變了一切。生命就是這麼奇妙，而你無法不相信緣。要不是有那個晚上的莫札特《小星星變奏曲》，要不是胖卡的「好故事交換好咖啡」，要不是家貓小福不斷用她那天真的雙眼看著我，兩週後的我不可能再度走進小詩人書店。

而要不是因為阿昌的鼓勵，我和學妹同住在一個城市，恐怕走了一輩子也不會相遇。雖然聽起來有些殘忍，但也許我該慶幸自己的好運：因著她那虛弱的右手，我們才得以在分開多年後的書店，再一次觸見琴鍵裡的柔情與蜜意。

我是個左撇子的鋼琴家，這點應該很多人都知道。常常有人問我，怎麼有那麼多的想法，採集這麼多的珠玉，以音樂的力量，撫慰了夜裡多少寂寞的靈魂。我都只能笑著回答，因為當我的左手彈琴時，右手也從來沒有閒著。姬兒就是我的右手，我靈感的集散地、音樂的繆思、生命的仰望，以及最終無可否認的：所有故事的起源。

＊哈絲姬兒（Clara Haskil，一八九五年一月七日—一九六〇年十二月七日）

羅馬尼亞鋼琴家。終身貧困交迫，五十八歲才擁有自己的鋼琴。她卻把苦難當作砥礪自我的練習，在鋼琴上綻放出一朵朵不可思議的奇花。

這樣一位因病所苦的鋼琴家，始終沒有放棄對生命的希望。她燃燒了自己的所有，獻給鋼琴的每一句詩，鎔鑄了靈魂的樣貌。

這樣的聲音，世間少有，也因為少有，每一次聆聽，就會發現自己離愁煩很遠，離愛，很近。

＊蕭邦《練習曲》（Études）

蕭邦一共寫過三組鋼琴獨奏練習曲，共二十七首。分為作品十號（十二首）、作品二十五號（十二首）和另外三首未命名的練習曲。蕭邦創作練習曲時並沒有加上標題，但後來有一些約定俗成的暱稱，如練習曲作品十第三號及第十二號的〈離別〉、〈革命〉等。

＊舒伯特《第二十一號鋼琴奏鳴曲》（D.960）

舒伯特的最後一首鋼琴奏鳴曲第二十一號，寫於一八二八年九月，而他二個月後就過世了。和藝術歌曲《冬之旅》一樣，都是舒伯特最感人的天鵝之歌，展現了他在人生的最後行旅上，也沒有放棄對生命的盼望。

哈絲姬兒的本版演奏，很能把晚期的舒伯特的幽微景深，透過能量的累積和自制不耽美的昇華，撫慰著世間所有受傷人的心。

魯蛇也有春天

我說了很多關於阿昌和客人之間的故事，但關於我這個人，我還是不習慣透露太多。從小我就是一個內向孤獨的人，總是給了太多，到後來發現這個世界並不需要你。沒人關心你的存在，任憑你在暗夜裡是如何飛蛾撲火，袒露出你內心還沒壞掉的部分。

多年前在藍調酒吧遇到阿昌時，他改變了我的生命，雖然他自己可能根本沒有意識到。

遇見阿昌之後，音樂成為我堅定的信仰。我從小就喜歡古典音樂，但那只是用來應付考試和比賽的。我也許考得不錯，但人生並非一場大型的紙筆測驗。

人生是一場和絕望奮鬥的拔河。

在藍調酒吧的那些晚上，我有了「爵士」，作為對抗這個世界的一把長劍。那些又黑又奔放的音符，就是彼時落寞的爵士音樂家，對生命發出的怒吼。

翻開爵士的一頁，就是血淚的一頁。

那些我們現在奉為大師的樂手們，有多少人在當年過著有一餐沒有一餐的日子？有多少夜晚，他們必須忍受台下觀眾的噓聲，才能奮力完成一次絕妙的演出？

邁爾士・戴維斯*在錄完音後，走到錄音室外面不過抽口菸放鬆，就被警察銬上手銬，移送法辦。

妮娜・西蒙*從小彈得一手好巴哈，原本以為自己會成為出色的古典鋼琴家。她把所有賭注押在寇帝斯音樂學院的面試。她燃燒生命去彈出那些不可思議的音符，結果卻換來一紙「很抱歉我們必須在此通知您無法錄取」的殘酷信件。

幾天後她才從別人口中知道，自己不是因為彈得不夠好不被錄取，是因為自己皮膚的顏色不夠白。

爵士聽起來有多麼黑，就有多少滾燙的靈魂飽受命運的磨難。

但爵士其實很溫柔。

每一首爵士，就像在傷口上開出一朵花。在你最需要的時候，給了你一把傘，也給了你一場雨後的擁抱。

我相信爵士，一如我相信阿昌。是他帶領我穿越生命的藍調，讓我活出最好版本的自己。

要不是有阿昌的交換計畫，要不是多年前遇見了金面人，讓我對人生還抱有一點什麼希望的話，我可能只是一個既失敗又沉悶的魯蛇大叔，一邊擦拭著老唱片厚重的塵垢，一邊抱怨自己又錯過了春天。

現在的我，藉著寫下這些胖卡的交換故事，再一次發現了音樂，也再一次感受到了生命的渴望。每當我寫下一則故事，就能帶來理解和寬慰，這讓我覺得自己終究沒那樣孤單。

就在我開始寫下這些故事的時候，運氣也似乎好了起來。就在上個月，有人打電話，問我願不願意低價收購一整間房子的黑膠。

我當然沒有理由說不，火速開著我那爛到不行的豐田老爺車，前往那可以讓我半年不愁吃穿的黑膠寶殿。

但好運總未能持久，前腳才走出客戶的家，就聽見有人呼天搶地向我跑來。哇！原來剛剛打電話給我的，並不是唱片的主人，是唱片主人的老婆。猜想可能小倆口拌嘴失和，老婆一氣之下，把先生的唱片用一千元全賣了。

聽見男人不斷哀求著，請不要把他「一生的摯愛」帶走，我還來不及反應，他又說，為了報答這樣的恩情，願意奉送一張珍貴的唱片。但等等，我剛剛不是才把屋子裡的全部黑膠唱片搬上車了嗎？

「等我一下，拜託！」不讓我回答，他就跑進家裡，拿著一張封面充滿汙漬的唱片。我不敢相信自己的眼睛。唱片封面畫著一幅再熟悉不過的卡通圖像。查理．布朗和那隻名叫「史奴比」的小狗！

「可是我不收這種給小孩子聽的幼教唱片吔。」

「這張不是幼教音樂」，他面有難色地說，急得要掉下淚來。「這是爵士大師文斯．葛拉第，在一九六五年為史奴比電視特輯所作的一張耶誕專輯。曲風輕快，又有濃厚佳節祝福意味，很快就成為一張耶誕經典。」

「知道這張唱片為什麼看起來這麼破舊嗎？」

「不知道」，我一邊故作意興闌珊地說，一邊卻非常想知道答案。

「一九九五年我到紐約留學。大雪紛飛的冬天，那是出生熱帶台灣的我永遠想也想不到的光景。我帶去的衣服都太單薄了，身子成天凍得發顫。聖誕節前夕，同學早就返鄉度佳節了。沒有人知道，偌大的白色校園裡，只剩一個來自台灣、無家可歸的我，在宿舍裡用電湯匙煮冷冷的美國自來水，用淚泡開一整碗炸醬麵的鄉愁與寂寞……」

「那時的我，越想越難過。無人知曉的冬日裡，怨嘆自己沒有用，背負了家裡多少的期許來到這裡，課業不佳、美國生活開銷又大，歸鄉之途遙遙無期。天氣又是那樣的冷，狂咳的我也不敢去看醫生，只好在嘴巴裡猛嚼生大蒜，以為這樣可以殺菌強身。

可是那味道實在嗆鼻，嗆得連眼淚也逼了出來。越嚼眼淚越流，心中跟著萬念俱灰。宿舍在五樓，從窗戶望出去，白雪覆蓋了一切。我看不見顏色，也看不見希望，只差一秒，我就要打開窗戶跳下去……」

「真是個難過的聖誕節啊」，我同情著說。沒意識到冬日已漸西沉，北風也在我們身旁奏起了一陣寒鳴。

「我打開了收音機，想說這時有個什麼聲音也是好的。整座校園太空了，只剩我和自己思考的回音，清冷得簡直嚇人。我們學校是座二百多年的老校，連收音機都是老式真空管在機殼裡溫暖地發聲。我就仰賴著那樣溫暖的空氣，躲在單薄衣物和簡陋棉被中，度過一個原本應該相當悲慘的耶誕節，直到電台傳來那首難忘的曲子：〈喔聖誕樹〉（O Tannenbaum）＊。」

「這首曲子沒什麼特別啊，就只是一般聖誕節的頌歌不是嗎？」

「沒錯，這首曲子的確很普通。但也因為普通，熟悉的旋律讓人輕易想起來昨日種種。在曲子緩慢地播送下，那真空管收音機施展不可思議的魔法，我跌入了兒時美好的過往，想起了自己是蒙受了多少人的照顧和期盼，才來到這個世上。念及此，我又怎樣會孤單呢？」

「正當我這麼想時，電台主持人插進來介紹，作曲家文斯．葛拉第是為了查理．布朗這個角色，才願意跨界為《花生》（Peanuts）漫畫譜出爵士樂曲。他說，查理．布朗天生就是個失敗者，總被露西捉弄，從未擊出一次好球，卻仍天天充滿信心上壘，毫不喪志地面對人生的所有困難球局。啊，這不是正在說我？一個魯蛇也有追夢的渴望，一枝小草也想好好長大的故事嗎？」

他說到這裡時，夜幕已低垂。街燈還沒亮起，我卻感覺來自他底心，比全世界燈泡還要發燙的暖流。

「從那時候起，我記得了文斯．葛拉第，記起了查理．布朗和他的朋友，也想起了聖誕節的真正意義：沒人是孤單的。沒有人應該是孤單的。No one should be left alone。

從那時起，我開始特意尋找這張名為《A Charlie Brown Christmas》的黑膠唱片，卻始終遍尋不著。幾年後學成畢業，終於要回國的前夕，又是白雪皚皚的佳節，我心裡又響起了那首歌，那股曾經流動過我全身的暖流又回來了。

就要回國了，就要道別這座最熟悉的陌生城市了，鼓起勇氣，我做了一件從來沒做過的事。我打到電台，要求主持人再放一次這首曲子〈喔聖誕樹〉。然後，我在電台分享我的故事：一個異鄉人因為音樂而被拯救的故事。」

「那這張唱片又是怎麼來的呢？」

「是電台主持人輾轉追蹤到我發話的大學，在歸國前一天，以急件送到我的手上。唱片上還附有一張字條，它是這麼說的：『希望你不要介意唱片看起來這麼髒。這是當年文斯．葛拉第，上我電台節目帶來的公關試聽片。看，封套底下還有他的簽名呢。他說這張專輯是送給天底下所有失意人如查理．布朗的禮物。輕快的爵士曲風，正是趕走人生陰霾的一道曙光呢！』」

手裡握著他遞來的這張唱片，我不知道自己該說什麼。世間最美的話，他已經用音樂說了。

他說的這則魯蛇故事，講的不也是我嗎？如果說爵士真的能夠拯救一個人的話，這就是了。爵士拯救了失意人如他，也曾經拯救了流連在藍調酒館、惶惶不可終日的我。

想當然爾，我沒有載走他那些價值連城的黑膠唱片。一張可遇不可求的首版鄧麗君我也沒有搬上車。

連同這一張流轉了多少記憶的「查里・布朗唱片」，我也沒有帶走。

我開著空空的豐田老爺車而來，又載著空空的豐田離開。

喔！我不是真的空手而返的。

在聖誕節的前夕，我已經得到了一個好故事。

一個比所有唱片還貴重的音樂禮物：

北風呼嘯，而魯蛇也有春天。

樂曲介紹與音樂連結

*邁爾士・戴維斯（Miles Dewey Davis III，一九二六年五月二十六日—一九九一年九月二十八日））

美國黑人爵士小號手、樂團領袖，也是二十世紀最重要的音樂家，影響範圍早就超過「爵士」一詞。

*妮娜・西蒙（Nina Simone，一九三三年二月二十一日—二〇〇三年四月二十一日）

美國歌手、作曲家與鋼琴家，也是美國民權時代為黑人發聲的重要參與者。她曾說「爵士是白人用來定義黑人的詞。我的音樂是黑人古典音樂。」（“Jazz is a white term to define black people. My music is black classical music.”）

*〈喔聖誕樹〉（O Tannenbaum）

《聖誕樹》是起源於德國的一首聖誕頌歌。這首曲子曾被多次填詞，流傳甚廣。爵士大師文斯．葛拉第（Vince Guaraldi）則將之改編成俏皮、充滿幽默風味的爵士曲子，收錄在史努比漫畫的電視聖誕專輯《A Charlie Brown Christmas》中，廣受喜愛。

崇高的愛

阿昌的行動咖啡館生意越來越好，交換的祕密也越來越多。有一天我跟阿昌說，其實你以咖啡交換故事的想法很不錯，但早就有人這樣做了。

阿昌不可置信地看著我。

「幾年前啊，一部有名的電影叫《第三十六個故事》，裡面有個朵兒咖啡館，裡面的老闆就叫朵兒，喝咖啡不用錢，因為朵兒也是位精品收藏家呢。像你一樣，她也專門交換別人的故事喔。」我噗哧一聲，笑了出來。

原本只是想鬧著阿昌玩的，揶揄他的想法並非首創，沒想到眼淚竟然在他的眼眶裡打轉。

我心下一凜，我冒犯了他嗎？是否阿昌也有怎樣的心事，期待被交換，期待別人以溫柔的雙耳諦聽？

腦海裡忽然閃過那些年他在大學意氣風發的教書日子，台下學生聽得如癡如醉，是校園裡的風雲人物。除此之外，他還頻頻出現在各種社運場合，為被剝奪權益的人們勇敢發聲。這樣的阿昌，被許多人擁戴，為何會放棄了他的所有，買了一台胖卡，養了一隻家貓，東南西北地飄來飄去，就只為了放送自己的歌，收集這世間的故事？

他肯定也有自己的祕密吧？不然何以中年流浪，在後半生開始追尋一個虛無飄渺的夢呢？

我和阿昌已經認識多年了，然而我真的熟悉他的過去嗎？

我和阿昌相遇在多年前的藍調酒吧。那時全台北城找不到幾個喜歡爵士的傢伙。夜貓子都聽搖滾去了，最愛聽的是每夜免費的ＩＣＲＴ。海量的流行嗨歌，海量的青春激素，激起了少年仔夜裡多少美麗的浪花。相較之下，誰會喜歡這種只有中年大叔才會懂得的感傷呢？

那年遇到他，只覺得同病相憐。冷清的爵士小酒館裡，竟然有兩個不合時宜的年輕人，一起為查特．貝克*失了魂。

是啊，我們曾經都喜歡過那樣的查特．貝克。年輕時被稱為「偉大的白人希望」，甚至還曾被Downbeat雜誌選為年度最佳小號手，擊敗了爵士宗師邁爾士．戴維斯。但在快速成名的壓力下，他開始沉迷於毒品，把自己搞得人不像人，鬼不像鬼。三十七歲時為了買毒品，被人打落門牙，從此失去俊美的外表。

彼時在藍調酒吧聽查特．貝克的我們，是那樣惋惜一顆劃過天際的爵士流星，燃燒得太美卻也太快。但後來讓我們同樣感到驚奇的是，被打落門牙的查特·貝克，找到了全新的發聲方式。

雖然年華不再，爵士的黃金年代已經過去，但比起年輕時吳儂軟語、甜死人不償命的把妹吹奏，查特·貝克彷彿劫後歸來的生命吟詠，聽起來濃中帶苦，卻吹進了每一個聽眾的心跳，也吹進了我們的靈魂裡。

「唉」，阿昌突如其來的嘆氣，把我從往事的回憶，拉回現實的土壤。

「當年的我們，在藍調酒吧度過一個又一個的爵士不羈夜，但其實我想重訪的，是那間影響我一輩子的旅人咖啡館。」

「旅人咖啡館！」才一開口我就發現自己叫得太大聲。

這麼多年了，我僅僅在許多人口中聽聞這間咖啡館的名字。他們總是信誓旦旦地告訴我，這間咖啡館如何影響了他們的生命。他們的故事聽起來比天方夜譚還魔幻，讓人懷疑這其實是酒精發揮的功效，而非世界上真有這間在你最需要被傾聽的時候，就會出現在地圖上的一間神祕咖啡館。

這麼多年了，那些光怪陸離的故事，我早就忘得一乾二淨，沒想到今夜在好咖啡的催發下，我又再次聽到這個名字熟悉卻不可能存在的地方！但阿昌怎麼可能真的去過？難道他瞞了我這麼久？

「和你一樣，我也從來不相信有這間旅人咖啡館的存在。江湖盛傳，旅人咖啡館是一間只要付上五十元銅幣，就能享受整晚爵士好音樂的咖啡館。去過這間咖啡館的人都想再去，但只要向別人說了，就再也找不到了。這就是為什麼這麼多年，我從來沒有跟你說過我曾經是老麥咖啡館的座上賓。」

「老麥咖啡館？」又是一個完全陌生的名字，我在腦海的迴路，找不到一個可以擺放它的位置。

「那是一個落寞的夜晚，我萬念俱灰，走在黑夜的街上，卻沒有地方可以去。就在這個時候，路的盡頭出現了一個閃著霓虹燈的招牌，上面寫著旅人咖啡館。旅人咖啡館的老闆就叫老麥。」

阿昌陷入了回憶，然後彷彿一首老歌，他向我輕柔地訴說，多年前的那個悲傷夜晚，究竟發生了什麼事：

只是一個偶然的機會，只是一個看似不可能的交會，我在大雨滂沱的台北城漫無目的地亂走。我已經沒有家了。我剛從看守所出來，回到那個曾經被我踐踏的地方，母親早已離開，父親也不知去向，流落在島上各地的弟妹，一如當夜迷離的星辰，時而閃耀，時而被大雨和烏雲，隱匿了座標。

我是怎麼走到這個田地的？

原本前程似錦的我就讀神學院，被篤信教義的家人安排服侍上帝的路，準備成為一名備受景仰的神父。每天最快樂的時候，就是彈奏巴哈的〈耶穌，世人仰望的喜悅〉＊。可是我已經不信神了。我怎麼還能信神呢？我在無數個暗夜裡懇求祂的名字，求祂的悲憫和憐愛，求祂親吻我滿身刺痛的傷痕，祂不曾一次應允我的呼喚。

事實是這樣的：我喜歡每週日早上一起做禮拜，坐在教堂後排那名精瘦的好看男生。他們管他叫小武，因為他五官分明的臉龐，就像廣告上金城武對觀眾說「你是一個標準情人嗎？」那樣的令人無可自拔。

打從小武一進教堂，我的眼神就沒有離開過他。除了天生麗質難自棄外，小武身上有股敏感憂傷的情懷，使人份外對其產生愛憐之心。小武已經十七八歲了，照理說以他年少輕狂的青春剪影，身旁應該有很多女朋友才對。然而小武總是一個人上教堂，一個人面帶愁容地離開。

有天晚上，小武來告解室悔罪。他不知道一窗之隔的那個人就是我。我的導師阿聰神父對我說，我的見習生涯快到一段落了，現在我應該謙卑地去傾聽人們的懺悔和痛苦。我就在毫無防備的情況下，聽見小武的告白。

小武說他有罪，因為他喜歡上一個最不可能喜歡上的人，一個和他一起每周日做禮拜，卻無法靠近的人。

一位最年輕的神父。

啊！如果小武有罪，我又何嘗沒有？小武告解，是因為他內心惶恐，乞求窗外另一邊的人，以聖父、聖靈、聖子之名赦免他的罪。但我內心何嘗不也充滿了惶惑？我不能赦免他的罪，我只能走出那間悶滯到令人喘不過氣的告解室，向小武伸出我的手，告訴他，「我不能赦免你的罪，但我願意和你共享這份罪」。

我和小武就這樣祕密往來了好幾年。沒有人知道我的私下生活。終於有一天，小鎮上那些好事的長舌之人，洞穿了一切，向教會施壓，而我必須「痛改前非」，反正上帝是個善於接納的神，如果你真心悔改的話。言下之意很清楚了，若不照辦，我必立即當眾被逐出教會。

我的父母親哀求我走向光明，完成我這一生的傳道使命。他們甚至不讓我見小武。也就是在盛怒之下，在那個被千夫所指的夜晚，心神不寧的我，不小心打翻了聖壇上的蠟燭，不僅燒傷了我自己，也燒傷了我敬愛的阿聰神父。後來發生的事情，就如同我一開始所說的，我在看守所被拘留了二個星期。出來時，地球兀自轉動，人事已全非。

我不知道究竟是誰把我保釋出來的。也許是偷偷躲在一旁的小武，也許是悲憫我的阿聰神父，或是仍眷顧著我的舊日教友。不過那已經不重要了。我知道我已經回不去那裡了，也回不了家了。

我只能在大雨滂沱的夜晚，亂無目的地往前走，直到北風把我底心的最後一根蠟燭吹滅。我抬頭一望，竟在同時有什麼被點燃了，那是閃著霓虹的招牌，在雨中顯得幾許落魄的孤芳自賞。上面寫著：

「旅人咖啡館，獻給不需要這世界的你」。

我需要這世界嗎？我不知道。我只知道被雨淋濕的我，此刻肯定需要一杯最溫暖的咖啡。

我走進旅人咖啡館時，或許因為下雨的緣故，沒什麼人來。這讓我很方便就找到一個邊緣的位置，不打擾任何人，也不願被打擾地坐下。伴隨著窗外的雨聲，咖啡館顯得好安靜，還好這間咖啡館不放音樂，讓我得以在此慢慢療傷。

正當我覺得有些放鬆，空氣中傳來該死的薩克斯風。仔細一聽，竟然有人不識相地在那放唱片啊。

但這音樂有點不一樣。

這是爵士嗎？如果這是爵士，那它肯定是充滿不和諧的硬石之聲，和平常咖啡館會放的背景音樂有很大的差別。如果它不是爵士，它也肯定不是搖滾，它雖然帶有搖滾的火氣，但沒有搖滾的怒氣。它聽來的確粗礪不堪，但充滿自由的狂想與前衛實驗的碰撞。有許多樂段懸而未決，反覆著同一個主題，猶如等待一個更好的信念或結果。

我陷入了音樂的漩渦，閉上了雙眼，沒有察覺到身旁不知何時坐了一個陌生男人。但等等，這個男人不就是剛剛在放唱片的討厭傢伙嗎？男人說他叫老麥，他瞥見我從雨中走進來的樣子，感覺我很需要來張好唱片。

老麥出乎意料地健談，聲音真摯又充滿魅力。不知怎麼的，我在冷掉的咖啡中，把自己交出去了，交給一個我才認識幾分鐘，已然感覺認識了一輩子的人。我告訴老麥在我身上發生的故事、小武和那回不去的家。我沒有愛了，孤獨已完全攫獲了我。

「爵士是嚼著煙草和血一起吞的武器」，老麥一邊聽一邊對我說。「它武裝了你的精神意志，好讓你更清楚地面對自己。」

「我果然沒有放錯唱片。從你一進門我就知道了。你需要約翰・柯川這張《崇高的愛》*（A Love Supreme）。這是一個曾經在生命裡迷途的人，以薩克斯風吹奏他的寂寞和救贖。這張唱片有一些很不好聽很吵的段落，但那無妨，他知道你比藍調還blue的痛苦。這是柯川最重要的一張唱片，他以重擊和靈魂對話，為的是探求在表象和意志之後，是否真的有神的存在。」

「那……他找到了他的神了嗎？」對於一個被逐出教會的人來說，問這樣的問題真是諷刺。

「這張唱片正是求道者的苦難冶煉。」老麥抽著菸，也說著他自己的故事。

「當年我也是個無神論者，感覺世界遺棄了我。我的家人在一場車禍中喪生，而我獨獨活了下來。有整整三年的時間，我無法再自行開車上路。只要一走進車門，我就想起她們猶在耳邊的微笑，但那再也回不去了。有一天我就要崩潰，我的朋友開車帶我到心理醫生那尋求協助。他邊開車邊聽廣播，從車上天線傳來的，就是剛剛你聽到的，柯川這些狂亂的音符。」

「薩克斯風吹得如此不成章節，彷若要把整個世界都吹垮了似的。我心想，那是要多大的力量，才能撐起的一連串深切叩問。那天晚上，我要去見的人沒見成。我決定不去找心理醫生了，我請朋友把車停在郊區的路旁，然後不顧一切跳進爵士的世界。隔天早上，我發現我皈依了一個新宗教，而柯川就是我的神。像那首宗教名曲《奇異恩典》所說的，I was lost but now I am found.」

老麥的故事如此曲折離奇，他在爵士裡找到他的神，而旅人咖啡館就是他佈道的城市聖殿。剎那間，我覺得過去的老麥就好像是我，一個失去神、不被世界承認且無家可歸的人，此刻發現音樂的瞬間，也被音樂發現。

那夜起，每當我感到憂愁寂寞，旅人咖啡館就會神奇為我敞開大門。我是那樣深愛旅人咖啡館，我把我的心都放在這裡了。彷佛只要有老麥在，一點點的音樂就足以讓一切就變得可以忍受。我找到了心的方向，也找到了回家的方向。

就在這個時候，離散的父母重逢了，而他們也再次接納了我。我決心重考大學，開始對社運和當代思潮產生興趣，考取了沒有人覺得會有前途的哲學系，聽著沒有人喜歡的爵士。

也就是在這個時候，老麥不見了。

彷如昨夜一場夢那樣，旅人咖啡館消失在我的生命裡。任憑我拚了命想要回到那個被理解的魔幻時刻，我再也聽不見老麥清脆的笑聲，和約翰．柯川那足以改變人一生的命運唱片《崇高的愛》。

也就是在那些流浪台北爵士小酒館的夜晚，我夢想再一次遇見老麥，卻意外在藍調酒吧遇到了你；也幸虧遇見了你，讓我在音樂的旅途上，找到可以一起凝視遠方的伴侶。

聽完阿昌深情的告白，我感動地幾乎說不出話來。

原來這個我以為認識了一輩子的好朋友，還有這麼多「月之暗面」是我所不熟悉的。

原來他的靈魂傷痕累累，滿佈歲月裡的許多愁。

阿昌接著告訴我，這幾年他在大學和社運現場投入無數的心血，就是為了在底心報答老麥的恩情。每當有一雙需要的手被扶起、一對渴望的眼神被溫柔地讀懂，他就能在遙遠的風中，聽見沒有人聽得見的旋律，在耳邊悄悄地響起。

但這幾年他卻很難聽見那樣的生命旋律。我問他為什麼，阿昌搖搖頭。

「我不太確定。也許是我忘了自己的本心。學生喜歡我，受苦的人們需要我幫他們發聲，媒體也開始報導我。我變成他們口中的正義老師。他們甚至說我是台灣的良心，台灣的GTO。但我卻沒有因此變得快樂，畢竟我從來不是Great Teacher Onizuka，也不是反町隆史。我只是我，迷路的阿昌，需要也被什麼人拯救的阿昌。」

「就像當年那個徬徨的少年，我感受到我必須再次回到旅人咖啡館，但老麥已經不在了。在焦慮得不知道該怎麼辦的時候，我決定先辭去教職，把這幾年存下來的積蓄，買了這一台胖卡，帶著家貓小福穿梭台灣大街小巷，吹遍海岸的風，聽自己喜歡的歌。我還不知道下一步該做什麼，對未來沒有明確的預想圖，但我很開心，這一路有你相伴，一起和寂寞的人們交換故事。」

認識阿昌這麼多年了，他很少告訴我過去的事。沒想到在音樂和咖啡的催發下，阿昌袒露了他的柔軟內在，而我就在他的胖卡前，承載如此絕美的告白。

這是我們兩人最靠近彼此的時候。

我默默許下一個願望，希望這一秒永遠不要過去。

我默默許下一個願望，希望哪天他也能聽見我內心的旋律。

天將破曉，這樣顫抖的願望，是否也可能像他喜歡的那張《崇高的愛》，吹進他的靈魂深處呢？

＊查特．貝克（Chesney Henry “Chet” Baker Jr.，一九二九年十二月二十三日—一九八八年五月十三日）

美國爵士樂小號手、短號手和歌手，曾被譽為「偉大的白人希望」。代表作為〈My Funny Valentine〉。

＊巴哈〈耶穌，世人仰望的喜悅〉（Jesu, Joy of Man's Desiring）

巴哈清唱劇《心、口、行止與生活》（Herz und Mund und Tat und Leben，BWV 147）的第十樂章。

英國鋼琴家蜜拉．海絲（Myra Hess）在一九二六年將其改編成鋼琴獨奏。曾經有一位二戰的士兵在火車上一直吹哨。後來，同車的記者問那士兵，「你對巴哈的作品怎麼有那樣濃厚的興趣？」那士兵聽了渾然不解：「可是那不是巴哈啊。那是Myra Hess！」足見此曲流傳之廣。

＊《崇高的愛》（A Love Supreme）

《A Love Supreme》（崇高的愛）是美國爵士薩克斯風手約翰·柯川在一九六四年錄製的專輯。這是柯川最為暢銷的專輯之一，更被滾石雜誌列為五百大唱片中的四十七位。其影響後代音樂與藝術創作，可謂無遠弗屆。

懷念的播音員

辛波絲卡在諾貝爾文學獎頒獎典禮上曾說，「演講的第一句總是最難的，好啦，現在我已經邁出第一步，現在最難的事情已經過去啦。」對我來說，說故事最難的，往往也是第一步。不管說的是極短篇還是大長篇，第一句要怎樣發音，總是讓我不知所措。

就拿我人生中「第一次那個」經驗來說吧。我在外商公司上班的前三個月，吃盡苦頭。慣老闆不是人，老鳥要榨，菜鳥更要趁其羽翼未豐，把骨頭都吃下肚才開心。

前幾個月幾乎天天爆肝加班，一個中午便當吃到晚上還沒吃完，乾脆當成宵夜和咖啡一起吞服下肚。心情卻是越喝越黑，每夜都沒有希望地過下去。

三個月試用期即將屆滿，明天慣老闆即將宣布是否留用新人。雖然這間外商公司很磨人，但起薪並不低，所以求職者眾。同期和我一起試用的共有八位，可是明天過後，只會有三個人留下來。聽起來很像某個殘酷的實境生存遊戲對不對？沒那麼誇張啦，但和生存遊戲一樣的，卻是這八個試用菜鳥在比賽結果揭曉前的心驚肉跳。

我想你大概已經猜到，我應該有成功晉級吧。因為哪有主角還沒說完故事，就半路領便當死掉的情節啊？然而這真的不是一個典型的故事。結果出乎意料之外，八名試用者，竟然有七位全部留任！別問我那多出來的四個名額是怎樣生出來的？因為唯一出局的人竟然是我，明明學歷和努力程度都比我還差啊？

我就懷抱著那樣喪志的心情，甚至連留在公司的東西都沒整理，就賭氣跑了出來。天冷的夜，這裡可沒有上演什麼人從後面跟著衝出來，大喊「求求你不要走」的芭樂情節。這裡的現實很骨感，容不下一顆粉紅泡泡的幻夢餘暇。

我越走越傷心。原來「第一次被fired」的心情是這樣啊。不過技術上來說，我也沒有被fired，因為連正職工作都沒有真的開始啊！這樣想著，心情更加難受了。

連三個月來的精神與勞力壓榨，此刻一股腦兒往我身上招呼。我又累心又苦，夜風發狂似地吹，我就好像是孟克筆下那幅有名的畫中人一樣，想要吶喊，卻發現早就沒有聲音。

就在這一刻，我突然看見前面有塊霓虹招牌在閃爍，上面寫著，「油壓按摩，不純退費」。

媽的，我看了就想跑。

你知道那個梗對不對？世上哪有一間按摩店叫自己純的，結果什麼事都沒發生？這種「此地無銀三百兩」的爛劇碼，當真覺得哥出來這三個月出來跑都是混假的？沒錯，我是混假的。因為我從來沒去過這種「純情按摩店」。

早在加班的前幾個晚上，公司的學長就會在九點多時互拋眼神，交待眾學弟、也就是菜鳥的我們不要亂跑，他們要出去「補身體」一下。

誰都嘛知道補身體是什麼意思。但學弟們哪敢多說啊，怕多嘴一句，學長搞不好會在老闆面前講自己的壞話，那可是我們不敢承擔的風險。

不過學長們也很上道，每次開小差去按摩店補完身體後，回頭進辦公室會帶上鹹酥雞，讓我們也補上口福，算是有償的封口費。平靜的日子過了好幾周，有回我上完廁所回來，發現整間辦公室八個菜鳥，少了兩個。

幾個小時後，這兩個神祕失蹤的菜鳥，竟然和學長一起回來，把鹹酥雞遞給留守的人，問我們吃不吃。

「不吃不吃，今晚我們不吃。」

「為什麼不吃呢？」我那時真的傻得可以，劈頭就這樣問。

「我們不吃啊。你們吃就好。我們剛剛吃過了。」學長們爆出一陣大笑，對照我的不上道和不識時務。而我只能愣在一旁，假裝什麼都不知道。

後來的加班晚上，每次都有新的菜鳥消失不見。再次出現，都帶著一大包鹹酥雞回來。我從來沒有帶鹹酥雞回來。我是真的老老實實，把鹹酥雞和九層塔一起吃下去的那個菜鳥。

味道香嗎？

很濃很臭。

那味道薰到我的鼻孔裡，直入腦門，到現在我都還記得。

我還記得那樣的恨。

不吃鹹酥雞的菜鳥後來全晉級任用了。只有我，什麼都沒有得到，除了一大袋的蔥蒜和九層塔雞肉。我發現三個月後的自己，竟然體重增加了十七公斤。

而他們卻身體越來越好，身上原有的肥肉都不見了。果然是補身體的。

也許這就是他們晉級留任成功的原因。他們是小鮮肉，而我是大河豚。

就算瞎眼的主管也不會選河豚吧。連我自己都不會選我自己。

淚眼婆娑中，我看見眼前的霓虹燈招牌還在不停地閃爍。

「油壓按摩，不純退費」。

「油壓按摩，不純退費」。

「油壓按摩，不純退費」。

辛波絲卡在諾貝爾文學獎頒獎典禮上曾說，「演講的第一句總是最難的，好啦，現在我已經邁出第一步，現在最難的事情已經過去啦。」

對於還是純情處子的我，要跨出第一步也是最難，就像是辛波絲卡說的那樣。

霓虹燈不間斷地閃爍，照在我的臉上，映出我寂寞的身影。

然後我跨出了第一步。然後是第二步、第三步、第十步。天知道從騎樓走進按摩店的那段小路，竟然那麼長，好像一生的眷戀和期待，都在那十步裡，艱難地走完了。

不過那沒關係。

最艱難的第一步，我已經走過去了。

而人生最「鹹酥雞」的按摩之旅，才正要開始。

§

正當我在櫃檯搖頭晃腦時，「春風按摩店」的媽媽桑，一眼就看出了我的不安。

「少年ㄟ，我們這裡很乾淨的。不用選了。不是要讓你挑小姐哪。選要按多久就好。」

「多久是要怎麼算？」

「就看你哪裡酸哪裡痛啊。一節是半小時五百，再加一節再給錢。」

「那……二節好了」，顫抖的聲音，透露出我的生澀。

「那少年ㄟ，麻煩你到更衣室先換好衣服，等下小姐會端熱茶到你的房間。走廊盡頭那間就是了。」

媽媽桑乾淨俐落地交代了等下會發生的事，對她而言，這些都是家常便飯。對既期待又怕受傷害的我來說，卻是宇宙星辰般的大事。

房間出乎意料地沒有奇怪的味道，擺設看起來也很正常，我鬆了一口氣。除了牆壁根本像是用紙糊一樣，遮蔽不了隔壁房傳來陣陣慘烈的叫聲。

就這在一秒，她出現了。

一個很漂亮的女孩子，笑得很婉約，和我想像會出沒在按摩店的小姐，有著氣質上的天壤之別。

「聲音礙著你對不對？不好意思等下按摩都會有那個聲音。不過你常來幾次就會習慣了。那是按到痛點，客人情不自禁發出的，一種愉快的呢喃。」

我說沒關係，雖然底心還是好介意。

她讓我先喝了一杯花草茶，說是這樣可以幫助我放鬆。也許是茶水熱氣的關係，她說的每句話都濕潤芬芳。

只是喝杯小茶而已，我竟好像喝醉了。她纖細的玉手在我背上慢慢地推開油膏，也推開我連三個月來的壓力和主管轟炸，暖呼呼的很是受用。

而隔壁偏偏又在此刻傳來殺豬叫的驚呼，瞬間把我從溫柔鄉拉回現實。

原來我還在這裡，迷迷糊糊之中不知過了多久。

「先生你的身體真的很緊耶。平常一定很操累吧。」春風女孩似乎讀出了我的不安，心思無比靈巧地想找話題來聊。

「是啊。真的很累。我已經連續上了三個月的班，只放三天假。滿心期待會被公司重用，今晚才被通知明天起不用再來了。」

「老闆真的很壞啊。我以前也是受不了老闆苛薄對待才來做這個的。」

「那妳之前是做什麼的？」

「說來話長。先生你兩節的時間就快到了。」

「沒關係我再加」，可能是她真的按到了我的甜蜜點，我幾乎是想都沒想，隨口又加了二節。

「那你等我一下。隔壁房哀哀叫很吵，肯定礙著你了。我來播個音樂好嗎？說起來你或許不相信，我曾在一個奇怪的地方，遇見一間彷彿能夠穿越時空的胖卡咖啡館。老闆看我喜歡卡帶，臨走前送給我的。而我什麼都沒做，除了交換一個故事。」

我說好，這時我才發現床頭擺著一個老式的卡帶機。天曉得現在還有人在聽卡帶嗎？

她緩緩按下了播放鍵，音樂從指縫中傳了開來，很快就蔓延到整個房間。

那是洪弟七的歌聲。

曲子是改編自日本名歌的〈懷念的播音員〉*。小時候電台很常放的那首，長大後奇怪卻很少再聽到。也許是久逢舊日故曲的關係，我竟有種很熟悉很想哭的感覺。

「不瞞你說，我之前是檳榔西施。」

我啊了一聲，好像領悟了什麼。

「你一定很好奇，什麼樣的女孩會想去當檳榔西施呢？唉，若不是情勢所逼，誰會想在寒流的大半夜，還穿著那麼清涼，咬緊牙關，挺住發抖的身子，向路人搔首弄姿，說聲歡迎光臨呢？」

我什麼都沒說，困窘地答不出話來。

「只怪時運不濟吧。那年家裡頻頻出事。先是爸爸在工地被機器誤傷，兩根指頭被削得平整，從此只能領重大傷害卡過活。接著媽媽出車禍。家裡的重擔，一時之間，落到最年長的大姊，也是我的身上。」她的聲音，充滿無奈，也充滿惆悵。

「我那時連高中都還沒念完，也沒有一技之長。走投無路的情況下，只好抹起眼膏畫起濃粧，在繁忙的街口販賣我的青春。

而我內心卻不斷地祈禱，等待天明，等待有一個知心的什麼人，會真正看見我，而不只是看著我那輕薄的衣服和厚重的唇蜜。他會一次買下所有的檳榔，告訴我，今晚不用忙了。趕緊回家休息吧。」

「聽起來是多麼美好的願望啊。那妳找著了這樣的知心人嗎？」

「當然沒有。而且說來可笑，看似不起眼的檳榔攤也是有業績壓力的。一天賣不到老闆指定的數量，可是要從薪水裡，按當日所剩的檳榔，論斤扣繳的。」

「哪有這種事？這不是欺人太甚了嗎？」我抗議。

「老闆的確可惡。不過更可惡的是，他常常趁我們不注意的時候，在我們大腿或屁股上偷捏一把，然後說，妳們成天也沒做什麼事啊。就只是坐在哪裡，露這裡露那裡地等人上門。而妳們連這簡單的數量也賣不掉。說完又在我們身上捏了一把，當作那天他損失的報酬……」

春風女孩一邊說著，纖細的雙手一邊在我身上遊走，很是舒服。我硬了，我是說，我拳頭都硬了，很想往那個色老闆臉上，狠狠揍一頓。

「日子很苦，但我也實在沒法就這樣離開。檳榔攤的夜晚雖然難熬，薪水還是比超商什麼的好上一些。這就像最後一顆救命的仙丹，讓我得以支付父母的醫藥費。日子雖然難過，但幸好在那些寂寞的夜晚，我還有這台收音機，伴我走過那些無望的歲月。」

她指著剛剛播放洪弟七卡帶的那台老機器，我定睛瞧了瞧才發現，原來它內建一根隱藏的天線，只要輕輕捲上，就可以同時收聽廣播。

「最冷最清苦的夜裡啊，我就是靠著收聽廣播熬了過來的。那時有位聲音很有魅力的主持人徐夢陶先生，很幽默會逗聽眾發笑，還會在午夜時分，配上精心挑選的音樂，用溫柔的嗓音念出聽眾的來信。一開始我覺得那些信根本就是他自己寫的。因為哪可能天天都有那麼好笑、或是那麼令人哀傷到骨子裡的故事，在這座小小的島上發生呢？」

「隨著時間的流逝，我被他的聲線迷住了，也為那些大大小小的生命故事動容不已。我開始猜想，咦，搞不好這些故事都是真的。有了這個念頭，我開始動筆寫字。而那離我高中最後一次提筆寫作文考卷，已經足足有七年又六十八天之久呢！」

「那妳寫什麼呢？妳有什麼非寫不可的故事嗎？」我好奇地問。

「其實也沒什麼非寫不可的事。只是夜裡除了應付那些伸出鹹豬手的客人之外，我最期待的，就是聽見徐先生的聲音。明知是一廂情願的想法，我總覺得他的深夜哀歌只為我輕唱。世間之大，只有他理解我的苦我的愁。

我就這麼有一搭沒一搭地寫上了五六頁。寫完的時候，已是清晨而我該回家了。路過郵筒，我卻沒勇氣把信寄到電台。」

「那信後來有寄出嗎？」

「說也奇怪，明明我把信封藏在包包的深處，沒擲進郵筒。幾個月之後，他竟然在那頭，如泣如訴地用廣播的故事口吻，撫平了我的寂寞與哀傷，每字每句、每個抑揚頓挫，都落點在最好的地方，彷彿他已經知道我的生命從哪裡來，也該往哪裡去。」

那是多麼奇妙的靈魂交會啊。到今天我都記得，雖然素昧平生，徐夢陶卻用自己的聲音包容我的一切，唸出我的故事，還給我滿滿的力量。那夜他配上的音樂，就是洪弟七唱的〈懷念的播音員〉。用這首歌配上一封寂寞女子的來信，由這樣一位溫柔的主持人娓娓道來我的身世，我覺得前方再苦，也總是有希望的。所有愁煩，不管再沉再重，此刻都有了依靠，也有了寄託。」

「聽起來妳比我命苦很多啊，應該是我來幫妳按摩才對！」我笑著說。感覺身體放鬆極了，連月來的壓力和酸痛，一掃而空。

「那妳不是說主持人給妳希望，怎麼換到這裡的工作了呢？」

「因為後來業績實在不好。色老闆又和另外兩間檳榔攤的小西施糾纏不清，惹來人家男朋友砸店，生意做不下去，只好關門大吉了。然後我輾轉飄零，什麼工作都待不久，最後就來了這間按摩店。雖然看起來很可疑，什麼不純退費，這間媽媽桑的店，可是清清白白，沒有亂來。媽媽桑對我也很好。讓我有自己的按摩套房，也允許我在工作時，聽自己喜歡的音樂。」

「那妳轉到那個主持人的廣播頻道好不好？我也想聽看看他的聲音。」

「沒有了，什麼都沒有了。」

「什麼意思？」我驚呼肯定比隔壁房還要大聲，因為此刻空氣非常安靜。

「那晚是徐夢陶最後一夜。彷彿預知自己就要走到盡頭，無數粉絲天天寫信給他，他卻挑中了我的故事。在洪弟七的歌聲放送下，他用盡全身的力量，慎重若有光似地，唸出信裡的寂寞和徬徨，因為已經沒有時間了。

當時沒有人知道，他絕症已到末期，每夜卻還是憑藉著強大的意志力，在每個廣播On Air的當下，奮力放送自己的生命和音樂。」

她推拿的手在我的裸背上停了下來，我們不發一語。過了好久，我感到一點點溫熱，一點點悸動。

那是她在流淚。每顆淚珠落在我身上，留下了比按摩還要更誠懇真實的碰觸。

臨走的時候，我告訴她，我會再來。

「謝謝妳告訴我那樣的故事。這對一個陌生人來說，是彌足珍貴的。」

後來我再也沒到媽媽桑按摩店了。因為就在隔天我被學長叫回去，說老闆搞錯了，走的人應該是其他開小差買鹹酥雞的人，而不是最任勞任怨的我。

啊！我多麼後悔當時又走進那個爆肝的所在，簽下我往後數十年賣身契的啊。

我再也沒有機會重返那個溫柔鄉，那曾使我在一刻鐘裡，忘懷世間所有的愁。

生命就是這麼荒謬，春去春又來，再度鼓起勇氣想找她時，春風按摩店的所在，早已變成冷清的檳榔攤，裡頭辣妹西施用奇怪的眼神打量你。

就那麼恰巧，在這空無冷清的街上，從辣妹半掩的玻璃門後，傳來了那首最熟悉歌曲：洪弟七的〈懷念的播音員〉。

「雖然你跟我／每日在空中相會／因爲你溫柔／甜蜜的聲音可愛／彼日使我忍不住／爲你來心迷醉／所以要叫我怎樣來對你表示／只有是懷念你」

一切的一切，如過往的雲煙。

但它們沒有消逝。

像一首才剛唱完的老歌一樣，歌歇而人未遠。

你還在我心裡。

而我會這樣地懷念你，夜再深再晚，永遠也不可能忘記。

*洪弟七〈懷念的播音員〉

一九六三年，廣播主持人周進升投入省議員參選，卻高票落選，遂萌生遠離廣播圈之意。他的好朋友歌手洪弟七為了鼓勵他，以日本作曲家吉田正〈霧子的探戈〉（霧子のタンゴ）為旋律，用台語譜詞寫下〈懷念的播音員〉。

兩把小提琴

一對夫妻，曾經山盟海誓，走到後來已經沒有感覺了。不是你想像中的那樣，先生和妻子都沒有外遇。沒有可歸咎的一方。殺死愛的並非恨，而是日復一日的形式。同樣的咖啡，曾幾何時，竟然覺得自己端回房，面對窗外吹著夏日涼風，喝起來比較順口。

還年輕的時候，為了孩子掩蔽了自己的感受，勉強走在一起。如今孩子們已經離巢，他們決定聽從自己內心的聲音，成就往後的各自精彩。

他們聽說日本有一種「卒婚」。

卒婚不是離婚，卒婚是在不中止婚姻的前提下，不帶著愧疚，卻帶著希望，繼續往前走。

卒婚的兩人，通常分居。

卒婚的兩人，因為已經走到人生的下半場，懂得更疼惜自己。並非決裂的告別，而是在人生的地圖上，轉個彎也轉個念頭，分開旅行。

如今的他們，偶然見上一面。幸運的是，並非過年過節、那種孩子們必須歸巢的形式聚會。而是心血來潮地，半夜在line上收到他的訊息：

「明天早上一起喝杯咖啡？我來接妳。」

可兩人卒婚的距離，一個在南，一個在北。開車至少三個小時。

剛開始，她沒信他，回了一句：傻瓜，都什麼時候了。安心睡覺就好。

過了幾個小時，手機都沒有傳來任何訊息。她後悔了。

她索性放膽地寫下一長串的訊息，以為他早睡了，不可能在天亮之前讀到。

她告訴他，家裡附近公園最近停了一輛胖胖的小卡車，裡頭有隻可愛的小貓，還賣著有趣的咖啡。

她又告訴他，她會注意到胖卡，不是因為咖啡特別好喝，而是中年老闆，半邊臉上雖有燒傷的疤痕，看起來卻非常斯文俊秀，總愛播放他們年輕時喜歡的那些老派情歌。

如果他真的來了，她想帶他去胖卡那裡喝喝咖啡。然而胖卡比誰都還神祕，沒有人知道它何時來何時走。

但她有種預感，知道人們最需要它的時候，胖卡就一定會出現。

隔天八點，他按她的門鈴。陽光落在他那黑白相間的頭髮，一時之間，她彷彿看到了那個很久以前，在屋前也按著鈴，準備接她去舞會的少年。

她也看見了那個很久以前的自己：如此煥發，如此充滿希望，就好像沒有被生活傷害過似地。

她有點想哭。鼻子酸酸的，仍然有些心痛的感覺。

她不知道自己是否愛著這個男人。

但她知道還會心痛，就是活著。

這天早上，胖卡咖啡館意外地沒放老掉牙的情歌，卻放一整個早上的古典樂。

她好開心，這個年過六十的男人，願意開上半天的車，就只為了陪她喝一杯咖啡，聽著自己其實並不在行的古典樂，然後再開半天的車回家。

她也明白，這樣就好。不能向生命要求更多。

不是不愛了，而是已經漸漸習慣沒有你。

就像咖啡已經可以不加牛奶。就像中年後聽巴哈也漸漸有滋味。

習慣了一切不習慣後，心就可以變得堅強。也因為夠堅強，才能在偶然的瞬間，讓自己千瘡百孔的心，感受久違的柔軟。

現在的他們，關係融洽。

現在的他們，戀人未滿，配偶以上。

幫他們手沖咖啡的老闆，雖不認識他們，卻直覺他們像是相識了一輩子的好朋友。

巴哈的《雙小提琴協奏曲》*就快奏到戲劇性的高潮。和傳統單樂器協奏曲不一樣，這裡的兩把小提琴，互為主角，沒有誰一定要決定誰的命運，也就沒有誰應該為誰感到內疚。

兩把小提琴，宛如一對跳舞凝視的戀人，在這交會時互放的光亮，照耀著彼此。

喝完這口咖啡，他就要走了。

吃完這口貝果，她也要轉進人生的下一個樂章了。

但這沒有關係。

一點都沒有關係。

這一刻告別的前夕，他們在相互諒解也相互成全的默契中，再一次初戀。

樂曲介紹與音樂連結

＊巴哈的《雙小提琴協奏曲》（BWV 1043）

巴哈在科登的六年期間（一七一七—一七二三）所譜寫的作品，流傳甚廣。此曲在二〇二〇年的「英國古典音樂電台名人堂」（Classic FM Hall of Fame 2020）票選中，獲選為人氣第四十二名。

藍色列車

胖卡咖啡館消失快一個月了。很多人在網路上tag阿昌，開google地圖想要找到這台放送卡帶音樂的胖卡行蹤，卻遍尋不著。

原本不過是他想要為自己找到喘息空間的一種遁逃方式，胖卡咖啡館意外在網路上爆紅。

很多人信誓旦旦地說，如果不是阿昌的「好故事交換好咖啡」，他們原本陷入泥淖的人生將看不見轉機。

一傳十、十傳百，在這個任何人隨時可能被炎上，也可能十五分鐘就成名的年代，胖卡咖啡館很幸運地屬於後者。

不過儘管成為網路溫度計的發燒現象，胖卡咖啡館卻不是一個你可以想到就到的地方。

阿昌曾經告訴過我「老麥咖啡館」的故事，關於他如何在大雨狂下的台北街頭，獨自走了好幾個小時。那時的他，對生命絕望，被世界遺棄。若不是角落突然出現一間不知哪裡冒出來的咖啡館，裡面傳來熱烈的爵士樂，他很可能無法在生命的旅途上，往前再邁開一步。

那間「只為寂寞之人而開」的旅人咖啡館，拯救了阿昌。而阿昌多年後，想要重返故地也未可得。老麥的爵士因此成了他的鄉愁，而他繾綣這份情懷的最好方式，就是也以自己的力量，掛上招牌，開一間深夜的「好故事交換好咖啡」音樂列車。

胖卡咖啡館的旅途從未固定，沒有人知道它何時會造訪自己的小鎮。事實上，就連阿昌在每夜沉沉睡去的前一刻，也不知道明日將開往哪個方向。

阿昌不知道，那些已經交換過故事、或準備要前來交換故事的客人也不知道，最多只能瞎猜測。

我也不知道。

不過我可以很確切地告訴你，過去這一個月，胖卡咖啡館為何消失在所有人的地圖上。

阿昌到日本去了。

你或許很驚訝，但就連看似樂觀的阿昌也會感到落寞，和需要一個深情的擁抱。

阿昌不是佛洛伊德，並非精神分析師，他只是一個愛聽音樂並樂於分享的人，恰好煮得一手好咖啡。

一個月前，他突如其來在我的通訊軟體上留下一句：「累了，需要正能量的充電，怕打擾你就不約了。一個月後見。」

唉，阿昌總這樣老這樣。縱使認識已經那麼久，他還是那樣的客氣。而越客氣就越陌生，這讓我常常很沮喪，因為距離是我和他之間，最不需要的情感單位。

而今晚他回來了。

不接待其他客人，在昏黃的鎢絲燈泡下，他的胖卡咖啡館只為了我開張。

而今晚沖煮咖啡的人是我，因為他想交換以下這麼一個神奇故事。

§

到日本的那個月，我總喜歡到爵士喫茶店。一晃就是一個晚上。

一間以約翰．柯川《藍色列車》＊為名的喫茶店，擺放了碩大無比的JBL Paragon喇叭。喜歡現代藝術的人說它長得像有風格的北歐家具，嗜讀科幻小說的人則會說它活像長了爪子的外星生物。然而，不管他們怎麼說，在菸霧繚繞的那些夜晚，當約翰．柯川的薩克斯風，從那個怪異的喇叭發出金黃絲稠般的中音，他們都不得不同意，自己聽見了靈魂的顏色。

我就是在那些靈魂奔放的自由之夜，遇見蕾諾拉女士的。

來到喫茶店的人們，多半是這個城市寂寞的紅男綠女，雖然彼此並不交談，光隔著一張木桌子取暖，各自啜飲著咖啡，也就沒那麼孤單了。年邁的蕾諾拉女士與眾不同，因為她無法安靜地坐在自己的椅子上。蕾諾拉女士總習慣站在離喇叭非常近的地方，獨自沉澱在音樂的召喚之中。

見著了這樣景象，我著實替蕾諾拉女士捏了一把冷汗。是說年紀也不小了，直挺挺地站在喇叭前，雖然聽得非常清楚，可是也把珍貴的聽覺細胞殺得更多了吧，有點像是淘氣的小孩覺得天氣熱，猛把頭吹向冷氣口，嘴裡還叼著一支冰棒不放的樣子。

我擔心極了，轉頭就要向蕾諾拉女士走去，卻被什麼人叫住。

「昌森桑，請坐好您的位置。別去招惹蕾諾拉女士。這杯咖啡就算我請您。」店長兼吧檯手山田先生叫住了我。

「她這樣下去會聾掉啊！」我抗議。此刻柯川的薩克斯風突然拔高，像是要宣誓著什麼。

「唉！您不懂。」山田先生欲言又止。

也許是三分咖啡微醺，但更多是好奇，我抓緊山田先生的話頭，非要他把話說清楚不可。

「唉！昌森桑啊，您不知道。蕾諾拉女士已經這樣很久了。我知道您是為了她好，覺得這樣會耳聾。但事實上，她耳朵早就聽不見了。」

夜更深了，咖啡的餘韻在我嘴邊逐漸蔓延，山田先生開始講述蕾諾拉女士不凡的一生。

蕾諾拉女士從美國遠渡重洋到日本的時候，人生地不熟，就只是憑藉著對爵士的熱愛。可是爵士不是源自於美國紐奧良嗎？跑到日本聽爵士，怎麼說都不那麼對味吧？山田先生一開始也納悶，後來才知道，蕾諾拉女士在美國根本不聽爵士。

「不聽爵士？這可奇了？」

「還有更奇的呢！蕾諾拉在美國是彈古典鋼琴的名家。她不喜歡爵士那些不按牌理出牌的即興醞釀。她欣賞的是古典音樂有次第、內在秩序的飽滿無瑕。直到有天，她的收音機壞了，飄晃地接收到鄰近頻段的音樂：小野敏子的爵士。」

「小野敏子？啊！那個第一個以日本人姿態，受到美國樂評認證的爵士大樂團嗎？」

我失聲叫了出來。

「正是如此！昌森桑真是不錯，竟然連小野敏子也知道。」

山田先生不由得大讚了我起來，但我想其實他在沾沾自喜，因為小野敏子是他血液上的真正同鄉，而我不是。我充其量只是個流浪海外的異鄉客。

「小野敏子對爵士有超乎常人的敏銳和爆發力。當初聽見她和大樂團的合奏競演，可真是暢快寫意，到處充滿電光石火的激盪啊！」我說。

「是啊，小野敏子給人有種燦爛的奔放感，那是她在大樂團時期的超技演出。不過從美國收音機這頭傳來，並感動蕾諾拉女士的，是一張名為《Blues for Me》的鋼琴三重奏。封面就是敏子在鋼琴前的黑白攝影。聽起來不狂放也不喧鬧，帶有一抹比爾·艾文斯*的優雅，就只是自在地讓自己成為自己：一個對生命仍懷有夢想的輕熟女性。」

「敏子本來就是以鋼琴家的身分崛起的，在這張專輯中，她回歸對音樂的初心，像一個小孩第一次聽見音樂那樣的純然美好。雖然原本不是要轉到這個非古典的廣播頻段的，在音樂發生的當下，蕾諾拉女士卻真真實實地感受到，有什麼東西不一樣了。」山田先生一邊這麼說的時候，眼神好像在發光。

「所以蕾諾拉女士受到小野敏子音樂的感召，特地從美國過來日本？真是了不起。」

「蕾諾拉和敏子相遇的那一天，彼此似乎都找到了共振的磁場。敏子教會蕾諾拉如何放鬆身體，要從古典的形律之中跳出來，感受生命原始躁動的力量。敏子說，妳不是學古典樂的嗎？史特拉汶斯基的《春之祭》*總該聽過吧？感受爵士就是感受那團春季裡天崩地裂的原始情慾，而妳的身體就是獻祭的場所……」

《春之祭》我早聽得滾瓜爛熟了，但不知為何，當山田先生這麼說的時候，我全身都熱了起來，非常非常地熱……

「蕾諾拉在敏子的引導之下，果真彈奏出不可思議的聲響。那不是古典，也不是爵士，那是比音樂自身更高的東西，那是全然的愛與奉獻。是的，你可能已經猜到，在探索身體內在力量的邊界時，蕾諾拉湧現的原始驅力也隨之被打開了。蕾諾拉在彈的不是一具無生命的鋼琴啊，她演奏的是一具有血有肉的身體，既是自己的身體，也是情人的身體。」

我失聲叫了出來。

「唉，音樂的力量無遠弗屆，而無法說出的情感也是。小野敏子在一九八五年錄下

《Blues for Me》，但蕾諾拉聽到收音機播出錄音時，卻整整遲了四年。蕾諾拉隻身來到日本，茫茫然以為不知道自己追尋的是什麼，但她的身體其實早就知道了。她血液裡不自覺地都在渴求愛的肯定與抒發。」

「一九八九年，蕾諾拉獲邀和敏子在我這裡公開演出的時候，全東京有頭有臉的人物都來了。原來安排的音樂會是由她們兩位鋼琴家，分開接力演奏的。在最後一曲安可時，蕾諾拉卻牽起了敏子的手，聯手合彈一首不可能被彈出的音樂，一段不在曲目表上的旋律。」

「那是什麼？」山田先生說到這裡時，我覺得心臟都快要跳了出去。

「約翰凱吉的《4'33"》。」

「什麼啊，是那首什麼也沒彈奏的音樂嗎？」

「唉！昌森桑這您就不懂音樂的禪意了。約翰凱吉的《4'33"》，其實是一首機遇之歌，您以為無聲，其實寂靜之中，也有細微的空氣騷動呢。所謂大音希聲，正是如此。」

「這事說來很難，有點抽象，但只要昌森桑閉著眼睛，在腦海裡想像兩人是如何手連著手，彈出四分三十三秒的寂靜，大概就知道是怎麼一回事了。我是說，世上絕對沒有兩個人可以一起靜默地演奏尷尬無聲的《4'33"》，除非他們有著別人不知道的祕密。想想把手交了出去，要搭在另一個人的手，持續不長不短的四分又三十三秒，如果兩人之間沒有堅定的情感，如何忍受那時間裡的虛無，如何忍受眾人的猜疑與側目？」

「敏子此時已完全理解蕾諾拉對她的愛。其實她早就知道了，卻怎樣能夠接受這當時不見容於世界的濃烈情感呢？四分又三十二秒的時候，敏子終於掙開了手，也掙開了蕾諾拉滿滿的愛。」

嘆口氣後，山田先生繼續說。

「昌森桑，您說寂靜就真的是什麼聲音都沒有的嗎？我來告訴你蕾諾拉為什麼耳聾的真正原因吧。在演奏凱吉的《4'33"》時，儘管外顯的一切無聲，敏子和她都預先把一切排除在外了，就好像她們倆根本不需要這世界一樣。在那樣奇妙的瞬間，她們真真實實地聽見對方跳躍的心。那像極了一場試探，又像是一場邀舞：只要彼此能夠忍受生存的寂寞，直到演奏結束，愛就再也不可能離開。

但敏子終究是在最後一秒甩開了手，在這之前，蕾諾拉都是在無聲之間感受著來自對方指間的幽微跳動，那是真空寂靜之中，不可能存在卻發生的心符。直到敏子把手移開前，她都是聽得見的。敏子終於把手撤回時，蕾諾拉聽不見了。聽不見愛，也聽不見人世間所有的聲音。」

此時我已淚流滿面，說不出一句話來。原來，蕾諾拉的失聰，不是物理性的傷害，而是更深遠的心因性結果。

「從此之後，蕾諾拉再也聽不見了。心裡還眷戀著敏子不忘，她就在這裡，日日夜夜央求我們播放她和小野敏子的那場悲劇錄音。她心裡還確信著，只要能夠聽見敏子指間傳來的樂符，她就會在某個起霧有風的晚上，再度看見她，一如她們第一次見面的那樣……」

「可是山田先生，這個月來我天天到您的店裡，從來沒聽過小野敏子的錄音啊。就連剛剛在我們講話的當下，您明明放的是約翰．柯川的唱片啊！」

「那是因為我不想再傷害蕾諾拉的緣故。您知道聾子雖然聽不見聲音，卻有辦法感受聲音的存在嗎？那幾乎就是一種原始的生命力量，以古老的方式封存在每個人的靈魂深處。我怕蕾諾拉一旦接觸那場敏子和她的錄音，縱使聽不見，心靈感受到了那一夜的痛苦，會有更可怕的事情發生。恐怕，這次不只是耳聾而已，而是全然的精神崩潰。」

「我不管。」我哀求山田先生一定要放。看看眼前這個可憐的老女人吧！

「她為了得不到的愛，夜夜在這裡渴求重新聽見愛人的聲音。而您卻說為了保存她最後的理智而不肯試？這聽來多麼荒唐可笑！瞧瞧她，一個被愛放棄的寂寞之人，哪裡還有什麼僅存的理性可言？如果有的話，那僅存的理性也必是如飛蛾撲火地永恆嘗試，那怕千瘡百孔，也要向愛不斷地揮舞招手，發出那寂靜中最高亢的吶喊啊！

山田先生，這些年來您做了什麼？您在欺騙她啊。或者，說得更白些，您也在欺騙您自己。」

山田先生倏忽之間，爆聲哭了出來。

原來，他一直深愛著蕾諾拉。

原來，那個不肯放手的人，從來就是他自己。敏子已經把手從蕾諾拉指間鬆開，他卻還想抓住什麼，留住些什麼。

當年蕾諾拉隻身來到日本，就是靠著山田先生的慷慨接濟，才得以在「藍色列車」喫茶店找到立命之處。能順利找到唱片中的小野敏子，自然也是山田先生牽的線。

山田先生深愛蕾諾拉已經很久了，可惜她從不知道，他也未曾表露這份心意。經不起我的要求和責難，山田先生從櫃子裡翻出一張雙面都沒有印刷的唱片，很像是才剛錄好的聲音母帶。

唱針放下了，細弱如髮絲的唱針尋著溝槽賣力地走，想找到回家的方向。心的方向。

此刻傳來的卻不是敏子或蕾諾拉的鋼琴演奏。

一個男人用傳統而老派的演歌，悲訴他沒有結果的愛。仔細一聽，竟然和山田先生的菸草嗓音有點像。

蕾諾拉突然停止她搖頭晃腦的動作，把眼神投向這邊過來。

那是她和山田先生多年以來，第一次四目終於交接。

而JBL Paragon大喇叭還不斷地播放午夜的哀歌……

＊史特拉汶斯基的《春之祭》（Le Sacre du Printemps）

俄羅斯作曲家史特拉汶斯基（Igor Stravinsky）於一九一〇到一九一三年間創作的芭蕾舞劇及管弦樂作品。

一九一三年五月二十九日在香榭麗舍劇院首次演出時，引起嚴重的暴亂，報紙甚至將之稱為《春之屠殺》。一百年後，前衛的《春之祭》被公認為是二十世紀最有影響力的音樂作品之一。

＊約翰·柯川《藍色列車》（Blue Train）

爵士大師約翰·柯川夙負盛名的專輯，也是他唯一一張在藍調之音（Blue Note）的作品。而柯川也在一九六〇年間的一次訪談中，提到《藍色列車》是他自己最喜愛的專輯。

＊比爾．艾文斯（Bill Evans，本名為William John Evans，一九二九年八月十六日—一九八〇九月十五日）

美國爵士樂鋼琴家，其音樂富有美好優雅的歌唱性，是日本作家村上春樹最喜歡的爵士鋼琴家，也是邁爾士．戴維斯口中「寧靜火花的鋼琴詩人」（"Bill had this quiet fire that I loved on piano"）。

我最愛的事

二十八歲的她獨自一個人住在城市裡。房租一個月一萬二不包水電，超過四十年的老公寓，龜裂的天花板在颱風夜常常滲水。

每天擠著沙丁魚般的公車上班。那班公車每天都會經過市中心的五星級綠洲大飯店。但城市是沙漠，她的心裡從來不下雨。她沒有足夠的錢可以進去。

養一隻路上撿來的貓，朋友都念她連自己都餵不飽了還有時間撿貓來養。她沒有反駁。挨餓只是一會兒，而夜裡的寂寞更蝕人。

老公寓的隔音差，貓在發情時總是特別愛嬌地如嬰孩啼哭。室友嫌貓吵，她歉歉然地說，「那我每晚回家幫你們倒垃圾吧」。

室友興奮到臉都變了。

但她其實是為了貓。老公寓不僅隔音差，空氣也不流通，積著好幾天的垃圾不丟，臭味隔牆就會撲鼻而來。她知道貓愛乾淨，雖然是街上撿來的但天生就是被人慣養。她倒垃圾時順便帶貓出去走一走。

短短的一段路，臭氣沖天的巷尾路，在星空下和貓一起慢慢走，卻是整天最值得盼望的一段時光。

某個晚上貓肚子發疼，她眼睛眨都不眨一下地跳上計程車往動物醫院去。那趟車資花了七百三，還好獸醫很細心。

獸醫很年輕，獸醫很溫柔，她幻想獸醫的手也在自己的肚子上安心地放著。她突然覺得成為一隻受苦的貓，是天下最快樂的事。

但幸福不過是幻覺，女孩活得好累，每月光是要省下房租費，就讓人疲於奔命。她只好常常吃泡麵，常常在辦公室加班，在縷縷昇起的蒸氣中，猜想幸福的樣貌。

一晚寒流席捲全台，超商值大夜班的男人，拿了架上即期品給她。

但她連打折後的價格都付不出來。男人笑了笑，說這不用錢，看妳常來吃泡麵，吃久了不健康。即期的義大利麵反正待會就要銷毀，如果不嫌棄可以拿去吃沒關係。

她不敢相信自己的好運。男人的語氣，沒有施捨的意思，卻帶有某種惺惺相惜、同病相憐的義氣。

漸漸地，她和超商店員越來越熟。

男人會跟她分享自己的夢想，自己晚上當店員，白天會接外送平台的單。日子過得辛苦，但他毫無怨言。值大夜班雖然得犧牲睡眠，但免費的即期品可以填飽肚子。

她發現自己被他堅定的眼神所吸引。眼前的男人也許和她一樣落魄，卻有一顆豐富的靈魂。

她覺得自己懂他，而他也深刻地理解著自己。

縱然如此，兩人從來沒有發展出超乎友誼之外的關係。他們在深夜裡互道一聲晚安後便沉沉睡去，醒來後在這座喧囂的城市裡各自打拚，卻從未相遇。

某個加班的深夜，她如常地來到超商，發現他已經不見。

一開始她並不知道發生了什麼事，後來才輾轉聽說，家鄉的老母病倒了。身為長子的他必須趕快回家，肩負起責任。

她再也沒有夜間的免費便當可以吃了。新來的超商店員，總是滑著手機。

過了幾年，家人逼著她相親。媽媽電話打來都是「妳再不結婚我就死給你看」。

「啊～媽是我不好，是我不夠積極，活到這把年紀還沒有人要。你們把我養那麼大，都白費了啊。是我不好是我不孝。」

她又在道歉了。

活到這把年紀，不知為何，她總在向別人道歉。三十三歲生日的時候，她對愛情已然失去希望。

這天她並沒有上班，在綠洲大飯店下了車。

她決定對自己好一點，放一天假大吃大喝，卻在櫃台前吃了閉門羹。

「小姐不好意思，今天飯店招待特別來賓，不對外開放。請問您有ＶＩＰ pass嗎？」

最後只得在城市裡亂走了大半天，直到雙腿發軟，嘴唇發白。當星夜暗沉，她才發現自己的體力早就透支。

她有些慌了。

眼前的小巷她並不熟悉，越走越偏僻，她害怕自己無意間走入死胡同，再也無法從這裡走出去。

就在這個時刻，她聽見空氣中飄來一首熱烈的爵士曲子。伴隨著音樂聲，還有陣陣咖啡香。

她好驚訝，已經將近午夜，竟然還有一間透著昏黃燈光的胖卡咖啡館，在這個魔幻的時分營業著。胖卡週遭卻沒有半個客人，在這個荒涼的夜，顯得格外冷清。

不知哪裡來的勇氣，她循著聲線，往前邁進。

胖卡老闆靜靜地沖煮他的咖啡，聽著音樂陷入長長的沉思，時光的微塵，悄然飄落在他的肩上。對女孩的貿然闖入，老闆卻一點感覺也沒有。

而這音樂真好聽！

「那是薩克斯風手約翰．柯川演奏改編自音樂劇《真善美》的名曲〈我最愛的事〉*，柯川一生演奏不下百次。原本只是短短的幾分鐘，竟然能激發出幾十分鐘的精彩樂段。一九六六年在日本東京，柯川更留下了五十六分鐘的錄音。爵士正是這樣的東西，樂譜從來都是同一張，但景色不同，心境不同，人生的四時感悟，也會隨之昇華。」

女孩不敢相信自己的耳朵，不敢相信對面這個陷入沉思的男人，其實早就發現了她的存在。

女孩更不敢相信的是，這份距今超過六十年的錄音，聽起來如此鮮活飽滿，彷若就從歷史巨大的廢墟中，踩著碎鏡，明晃晃地朝她走來，倒影之中，皆盡磷火。

在此之前，女孩從來沒有聽過任何一張卡帶。那和她熟悉的串流音樂，有著完全不一樣的質地，充滿乳香和木樨花的味道，可能還摻有波本酒的微醺。

「也許總是看起來抒情寫意，也許總是煙霧繚繞，讓人覺得爵士就是相當放鬆的東西，就好像根本沒人在乎基本功。但細想，你就知道這絕不可能。至少，對於約翰·柯川來說，努力遠比天分重要。

有人曾經很好奇，柯川到底一天練習多久？他太太幫柯川回答，『我只要在家醒著就沒有聽聲音斷過。有一次突然沒有音樂，我很緊張，趕快去找他，才發現音樂雖然停了，但他的嘴唇仍然緊緊貼著薩克斯風！』」

女孩天旋地轉，這不是在說她嗎？別人看她在廣告公司的工作好像很簡單，成天只要盯著電腦發呆就好，作品馬上就會生出來。但數不清的加班深夜裡，無人知曉她的辛苦她的愁。

彷彿讀懂她的思緒，老闆又說話了。

「偉大的柯川並非一開始就技驚四座。當年邁爾士·戴維斯把他邀進團裡，引來不少耳語，人們懷疑，他行嗎？

然而柯川是最認真練習的人，不管在後台或在人們休息take five的當下，他總是在沉思更好的樂句，用以磨練一種更貼近靈魂的發聲方式。

他曾說過『如果你有決心，就算給你一條鞋帶，也能演奏出動人的音樂！』當然沒有人可以真的用鞋帶演奏音樂，但重點從來不在鞋帶，而是那份每秒都要超越自我的決心和努力，締造了真正的不凡與奇蹟！」

「這就是你喜歡他的原因？」女孩想問卻不敢問，感覺胖卡老闆和他口中形容的薩克斯風手，似乎如出一轍。

話說回來，這到底是什麼地方，女孩心中仍然充滿詫異。暗夜裡竟然有這間放著卡帶的行動咖啡館，而且老闆和自己一樣，也養了一隻貓。

但所有的詫異，都比不上當老闆把側臉轉向女孩的瞬間。

半邊燒傷而半邊卻仍顯得俊俏的臉。

初看時非常詫異，但這張臉卻有種磁性，讓人忍不住想要一直看下去。

這張臉承受著非常大的痛苦，但這張臉沒有怨恨。

這張臉隱約透露一種光，既非神聖，也非孤邪。

這張臉好像能夠洞穿很多事。

這張臉甚至在你來之前，就已經知道你會來了。

奇怪的是，女孩身體雖然顫慄，心裡頭卻有種穩定踏實的感覺。他的聲音很好聽，和他半邊被燒傷的臉不一樣。

他的聲音有種攝人的力量，蒼老而孤寂，彷彿早就認識世間所有的哀戚。

他的聲音好像在說，「我知道你為什麼來的。你的傷口和我的沒有什麼不同。你聽見沒有人聽見的夜半歌聲，你聽懂了我的心事。」

你和我早就註定了是同路人。

胖卡的貓倏地叫了一聲。

黎明升起的時候，女孩決定慢慢走路去上班。此刻陽光輕柔灑落在她的臉上，縱使整夜未眠，她卻沒有感到絲毫疲倦。咖啡和音樂裡的故事，讓她希望滿滿。

她以為只要願意，自己隨時可以再找到這間魔幻似的午夜咖啡館，沒想到這卻是最後一次，而她連老闆的名字都忘了問。

但那夜和音樂的相遇，讓她終於活出全新版本的自己。她知道自己有天分，然而有天分還不夠，她要比誰都努力才行。就像約翰．柯川一樣，用鞋帶也能吹奏出振奮人心的音樂。

她回到前天翹班的廣告公司，毫不意外沒人在乎她前天究竟去哪裡。

她開始日以繼夜地工作，最終交出令案主眼睛為之一亮的稿件。

和一般作品會把房子佈置得美輪美奐不一樣，她設計的文案中，只有簡單的一張床、一隻貓、一張沙發、幾盆植物、老電影海報和老卡帶。留白的景框，卻有耐人回味的餘韻，吸引了許多回到家只想放輕鬆、注重生活質感的人。

這支廣告讓她大紅。人們說她精準地定位出一個族群。其實她很清楚，只要為潛在的客戶播種可以想像的幼苗，他們就會自己栽種出一整座森林的幸福。

如今的她，苦盡甘來，終於擺脫得仰人鼻息的租屋生活。三十八歲了，不僅有吳爾芙所謂「自己的房間」，也有一整片頂樓大陽台。從窗邊望出去，就能看見整座山的翠綠。

這間房子什麼都有，有足以微醺的美酒，也有村上春樹小說出現的七十二張爵士唱片。她的朋友不知道，從前酷愛古典的她，究竟何時開始喜歡聽爵士的，但他們覺得這樣的品味超凡，適合派對上的眾人一起牽手搖擺。

他們不知道的是，每當深夜睡不著，她也會播這樣的音樂來聽。

總在這個時候，她的思慮會飄向遠方，想起了曾經有一台深夜的胖卡、一位臉部燙傷的憂鬱男子，悄悄地進駐她的世界，以不可思議的方式，撼動她的整個靈魂。

如果可以，她想要重回那個魔幻的晚上。

如果可以，她想要和她再聽一次用鞋帶吹奏的旋律。

如果可以，她想要輕聲問他的名字，然後告訴他，「這些年來謝謝你」。

這才發現，遇見他，是她最喜歡的事，那曾經讓她的生命在一瞬之間，綻放出前所未有的光。

無關愛情也就無關風花雪月，她在約翰·柯川的唱片聲中，再度和自己相逢。

樂曲介紹與音樂連結

＊〈我最愛的事〉（My Favorite Things）

原為一九五九年音樂劇《真善美》（The Sound of the Music）中的插曲。爵士大師約翰·柯川將之改編，成為流傳甚廣的爵士標準曲（standards）。

往事（並不）如煙

入秋露水甚重的早晨，不適合開門做生意，也不適合遇見什麼人。

我是個法國人，小時候就把聖修伯里的《小王子》讀得滾瓜爛熟。我想效法聖修伯里雲遊四海，把這世界的風景都看遍。曾以為羅馬的競技場、祕魯的馬丘比丘或印度的泰姬瑪哈陵已經夠讓人心蕩神馳，沒想到最後落腳的地方是這座美麗的寶島。

台灣有壯麗的群山、有遼闊的大海、有風吹草低的平原，也有世界排名前茅的生物多樣性。沒來過這裡的人，可能很難想像，佔地面積這麼小的地方，竟然默默綻放令人嘆為觀止的自然風景。

然而這片土地最美的風景是人。多年前我來到此處，就為台灣人民的親切和好客驚訝不已。都說我們法國人天性最浪漫了，來到這裡才知道比浪漫更浪漫的叫熱情。

為了回報這樣的熱情，我決定在這座島上開一間書店，把小王子的精神，像一顆種子埋進這片土地裡，期待發芽，更期待茁壯。

三十多年了，曾以為小詩人書店會在島上蔚然成樹，沒想到網路興起後，已經沒有什麼人懷念紙本的氣味。

但我不氣餒，我還不想放棄。如果不是為了這些可愛的書，也要為了我那些可愛的小詩人朋友。

剛開始我的書店販售本地少見的外文書，吸引了許多想要接觸外文小說的讀者。有天來了一個不速之客，像迷了路一樣降臨在我的店裡。

他是附近大學的音樂系學生，從窗外聽見了我播放顧爾德*演奏的布拉姆斯《間奏曲》*，又看我店裡裝潢得古典古香，頗有歐洲沙龍的味道，以為這是一間兼賣樂譜的書店。

當我告訴他這裡沒有賣樂譜的時候，他臉上的落寞神情，讓我過意不去。

我告訴他，如果他不趕時間的話，也許我能請法國的朋友幫忙寄來一些樂譜。

他的眼神露出幸福的光芒。

從那時候開始，我的書店不僅販售如《小王子》般的外文書，也賣古典樂譜，吸引了更多的客人來到這裡。

我索性在店裡購置了一架平台鋼琴。開書店賺不了什麼錢，我買不起高檔的史坦威。幸好我每週參加禮拜的教會告訴我，他們有一架二手鋼琴要淘汰了，是以前敬愛的阿聰神父所留下來的，如果我需要，可以便宜賣給我。

一開始不過想要撫慰傷感，在我想起法國老家的時候可以彈鋼琴給自己聽。沒想到來店裡買樂譜的客人，聽見我彈的鋼琴後也躍躍欲試。

真不可思議啊！這架外觀斑駁、音色也不怎樣的二手鋼琴，在年輕鋼琴家的指間飛舞下，恢復了以往的活力。如果阿聰神父還在這個世上，他肯定也會同意我的看法。

於是我興起了念頭，在每個週末邀請這些還沒有名氣的音樂家，前來書店舉辦沙龍音樂會。不過很抱歉，我沒有辦法提供他們任何酬勞，除了一杯咖啡、一本可以任選的樂譜，和肯定非常熱情的掌聲。

三十年了，許多人從小詩人書店走了進去，又從這裡走了出來。許多歡笑和琴聲在此如浪花激起又消逝，不變的是我珍惜這群小詩人朋友的心。

三十年了，我已經撐不下去了。疫情的嚴苛考驗下，原本就稀少的客人更不願上門光顧。雖然是相當困難的決定，也不得不在這樣的寂寥季節選擇告別。

這天早上，門外來了一個最意外的客人。兩鬢有雪如霜，他是徐先生。

他聽見了我放的蕭邦，不能自已。呆了、癡了，就這樣站在門外，等到我發現他的時候，已經是A面所有曲子播完，黑膠唱片發出嗶啵的一聲。

「雷蒙先生，您知道大衛連是誰嗎？」我和徐先生第一次碰面時，他嘴裡迸出的第一句話，就是問我知不知道誰是大衛連。

徐先生的聲音好溫柔，像是舊時代真空管收音機上發出的電波。

我說我聽過大衛連，但並不喜歡那些大部頭的鉅片像是《桂河大橋》或《阿拉伯的勞倫斯》。

「不要緊的，我要說的並不是這些，而是大衛連拍過一部沒那麼知名的電影叫《相見恨晚》（Brief Encounter），裡頭有一首曲子，我從年輕時就很喜歡。您看我都這把年紀了，若說這一輩子還有什麼想做的事，大概就是靠自己的力量彈這首曲子吧。

前些日子，因緣巧合，我又再度聽到了這首曲子，讓我想起了很多以前的事。如果可以，我想要學會它。我聽說這裡有賣樂譜，又聽說這裡常有鋼琴家舉行音樂會，因此想來這裡碰碰運氣，找個好老師。請您別見怪。」

真是怪異的請求啊，但徐先生語氣說得誠懇，讓人不好意思拒絕。

我說我還得想想。在沒搞清楚事情的來龍去脈前，我不可能貿然接受一位陌生長者的委託，幫他從我那群小詩人朋友中，覓得一個好老師。但實情則是，我太好奇了。究竟是什麼曲子，會讓人如此魂牽夢縈，糾纏至老？

那曲子究竟有怎樣的魔力？

當晚徐先生留下了一卷黑白電影。他說，只要我不帶偏見地看完整部，就能了解他如此奇怪的請求，所為何來。明天早上他會再度造訪，如果我的門願意為他敞開的話。

我做了什麼？我看完了整部電影。甚至，在他還沒現身之前，我看了第二遍。然後是第三遍。每一遍，我在樂曲裡都聽見，如雪般、淚珠墜落的聲音。

火車悠悠地往前行走，背景總是那首，一對戀人永遠無法同時抵達的生命樂章。她和他相見太晚。她的生命裡早已經有了另一個男人。

唉，你是對的人，卻總在錯誤的時間出現。

此刻的她，如何才能確定眼前的這個他才是真愛呢？「妳的心會告訴妳的。」她始終都是知道的。她從第一眼看見他的剎那，心中柔腸寸斷般的鋼琴樂章就已經自動響起。

那是拉赫曼尼諾夫的《第二號鋼琴協奏曲》。看似灰暗狂暴的空間裡，卻綻放著無比光采的希望之歌。

§

第二天一早，徐先生依約出現了，帶著一則屬於他自己的碎心故事。

徐先生年少時曾在美國紐約留學，而他品味與眾不同。明知到高級餐廳當服務生，只要手腳勤快加上嘴甜，一夜的小費就能支付整個禮拜的伙食開銷；徐先生卻反其道而行，選擇到一間名為「往事如煙」（Reminiscence and Cigarettes）的二輪戲院當清潔工。這樣他就能免費得到觀賞經典鉅作的機會。

然而天不從人意，他以為會有什麼空檔可以溜進戲院看戲，卻總有更多的事、更多嘔吐物和體液等待他去處理。

雖然戲院打工生活如此忙碌，無暇顧及於其他，徐先生還是注意到了，C排十三號座位的那位女孩，自大衛連的《相見恨晚》重映以來，每晚都在同時刻同個地點報到。

徐先生會注意到C排女孩是因為他發現這幾週以來，清場的時候，十三號座位總是乾淨整齊，沒有任何可視的人工垃圾。這使得他非常驚異：灰暗的二輪戲院裡，有著最光亮的角落。

自從發現怪事的那天起，他就趁戲院經理不注意時，溜進戲院後方往C排十三號瞧。果然沒錯，一名年歲和他差不多的女孩，全身散發出難以言說的憂鬱氣質，凝視膠卷在跳舞。

徐先生為眼前的風景所打動。他不知道，為什麼一個人可以愛同一部電影成癡，也不知道女孩究竟懷抱著多大的心事，夜夜至戲院報到。他只知道，明晚同一時間他終於可以請假，那是大衛連《相見恨晚》在「往事如煙」戲院的最後一夜。

他一定要請假。

他非請假不可。他豁出去了，那怕戲院老闆氣得要腦充血。

徐先生從午後的第一場等到午夜的最後一場，她都沒有出現。

C排十三號女孩憑空地來，又憑空地消失，就好像什麼事都沒有發生過一樣。除了一件事，是真真實實、道道地地發生過的。

徐先生看了五場《相見恨晚》。到戲院終於打烊時，他整顆心都碎了。

這一場未果的暗戀之情，他從未與任何人說。青春年少在異鄉和幾個人曾發生過一些夏日戀情，但他從未在那些女孩眼神中看過相同的憂鬱。那是一種向深淵裡不顧一切地回看，彷彿在等待著什麼人的回應。而你所能作的唯一回應，不是成為深淵，而是成為那樣也在深淵裡等候的人。

徐先生忘不了女孩凝視膠卷播放時的寂寞，也忘不了黑白的大衛連電影裡，拉赫曼尼諾夫那透露著微光和希望的《第二號鋼琴協奏曲》。

回國後，徐先生事業有成，早早便娶妻生子，符合社會上認定的「成功專業人士」形象。多年來，他為了維持這樣的形象，付出多少努力。他明知夜寐同枕的這個人對他早就沒有感覺了，他卻還得這樣假裝下去。他們不是怨偶，他們只是再也快樂不起來，如果他們還要在一起的話。

徐先生來找我的時候，是他和妻子正好分居的那天早上。

妻子終於學會放手。

那天早上，他在我的門前聽見了轉動中的老唱片，竟然淚如雨下。

他在心底暗自下了一個決定。

他要把自己贖回來。以意志、以不滅的音樂、以遲暮的生命之愛。

他要學會拉赫曼尼諾夫這首無比困難的曲子，作為召喚青春的一種手勢。

「但，這幾乎是不可能的任務啊」。儘管我為徐先生的故事所深深打動，還是不得不提醒他，生命中有些事註定難以完成，有些傷口永遠難以結痂。

而縱使他真的練成了鋼琴獨奏的部分又如何？我上哪裡請高明的樂團和指揮替他伴奏

呢？

但徐先生不為所動。

對一個已經失去青春的長者來說，生命中最大的禮物和詛咒就是時間。既是無窮無盡、可供恣意揮霍的時間，也是無意義的、蒼白的時間。

「從現在起，我心中就只有把琴練好這件事。雷蒙先生，你只管替我找到好老師，我只管學，好嗎？」

他的眼神盡是懇求之意。

徐先生的請求太不合理了。而他的故事如此夢幻，我發現自己很難說「不」。但我如何說服我那些小詩人朋友，幫他從零惡補起來呢？

就這樣又過了好幾個星期。

今天我起了個大早，為了一個重要的場合。我寫信給K，告訴他書店經營的慘澹光景，也告訴他徐先生的故事。

我希望打動我的故事，也能打動K，縱使我們已經好長一段時間沒有聯絡了。

我在門口等徐先生和K，希望他們能來，成為彼此生命中最好的相遇。約定的九點鐘剛過，卻沒人出現。

我等了又等，最後在巴哈的音樂中，迷糊地睡了過去。門鈴大響，我才驚醒。門口站著的，是一名戴著鴨舌帽、身著運動潮T的男子，而他並不是徐先生。他是徐先生的兒子。他為這堂沒有開始的鋼琴課，帶來最出其不意的一段裝飾奏③。原來徐先生是一名深夜廣播主持人，難怪他的聲音總是那麼好聽。半年前患了絕症，卻仍堅持每夜on air的廣播行程。這半年來，徐先生的兒子怕父親發生危險，每天都偷偷跟隨父親外出，探查他的行蹤。最近發現徐先生到我這裡想學琴，他才放心回去上班，並且裝作一切事情都不知道。

「那您知道他學琴是為了大衛連電影裡，某位他年少時魂牽夢縈的女孩嗎？」我有些不好意思地問。

聽到我這麼說，徐先生的兒子兩眼失了神，忘了回答我的問題。良久良久，他才回過神來，臉上都是冰雪般的淚。

③「裝飾奏」（Cadenza）泛指協奏曲在某個樂章即將結束前，樂團的所有樂器停止，僅由獨奏家自由即興表現技巧的段落。

「唉！原來他學琴是為了這件事。哪裡有什麼C排十三號的神祕女孩啊？那女孩就是我母親啊。父親和您說的，就是他們年少在紐約『往事如煙』戲院邂逅的過程。他想學琴，其實是割捨不了兩年前過世的母親，想要藉由電影裡那首定情之曲，懷念他們曾經無悔的過去哪。」

「那徐先生現在怎麼了呢？」

「他今早於睡夢中過世了，走的時候很安詳。」

「啊！那怎麼會……」我簡直不敢相信自己的耳朵。

「我走進他的房間。父親仍安睡在床上，看起來就像什麼事都沒發生過，除了床旁一張拉赫曼尼諾夫的唱片因為播放太多次了，跳針不斷地在一個地方來回地唱。我把唱針舉起又放下，鋼琴獨奏的部分在瞬間爆開最燦爛的吟詠。」

徐先生走了，但徐先生沒有真正離開。

他的琴聲永遠在我的內心迴盪著。

像今晚。

而往事並不如煙。

＊顧爾德（Glenn Herbert Gould，一九三二年九月二十五日—一九八二年十月四日）

加拿大鋼琴家，被公認為二十世紀最著名的古典鋼琴家之一，以非凡的技術和表達巴哈音樂對位結構的能力而著稱。

關於顧爾德既怪異又迷人的故事，實在太多。再熱的天氣，他也要戴著手套；包包裡隨時有各色藥丸，以防自己想像出的某個症狀，會忽然要了他的命。

有時他會突然露出軟肋，半夜打給你，叨叨絮絮地說了好多話，正當你想要好好安慰他，他什麼機會也不給你，自顧自地講話到天明。

顧爾德是這樣的人，高度自覺、過於敏感，彈奏的巴哈卻綻放了不可思議的人性光輝。知名日本音樂家「教授」坂本龍一（Ryuichi Sakamoto）就曾多次提到顧爾德是他心中的偶像。

＊布拉姆斯《間奏曲》（Intermezzo，Op. 118）

布拉姆斯的六首鋼琴作品，出版於一八九三年，並題獻給克拉拉．舒曼（Clara Schumann）。該套曲是布拉姆斯出版作品的倒數第二個。晚年的布拉姆斯，帶給人靜謐的生命感受，像是坐在搖椅上，烤著爐火念著詩，而夜已深沉。

木偶之心

颱風過後的蕭瑟之夜，滿目瘡痍的街景，放眼望去，沒有一間店在營業。

原本以為可以仰賴的小七，窗戶竟然也在前夜被打落。大風大雨灌進來，店內的陳設凌亂不堪。

幸好我和唱片公司的同事肚子還不太餓。比起填飽肚子，我們更需要來一杯好咖啡。念頭這麼一想，突然注意到街角不知道何時停放了一輛胖卡，傳來陣陣濃郁的咖啡香，也傳來我熟悉的音樂。

我的好奇心被挑起了，揪著同事的袖子往前走，沒等老闆招呼，一屁股就在吧檯椅上坐了下來。

老闆也沒有太大的反應，自顧自地煮著咖啡，就好像他常遇到這樣大剌剌的客人似地。我正要問價格的時候，他指著旁邊的小黑板，上面竟然寫著：

「好故事交換好咖啡」。

我和同事不知道那是什麼新奇的社會實驗。但老闆很親切，讓我們聽著他卡座上傳來的音樂，一邊交換彼此的心緒。老闆說，現在放的這一張卡帶，其實來自於多年前的一份深夜廣播錄音。那晚也像現在一樣，颱風剛走，滿地盡是蕭瑟的景象。

廣播錄音？怪不得聽起來那樣的熟悉。雖然音質很粗糙，天線收音不是很穩定，連帶地把背景的嘶嘶聲也錄了進去，但那好類比好真實，給人一種安心的感覺，和我們公司標榜最新最夯的數位錄音，有著全然不同的質地。

啊，有多久沒聽廣播了呢？

「你們小時候一定有玩過廣播call-in的遊戲吧？常聽到某班的男同學暗戀某個女生，茶不思飯不想，在最熱門的時段狂打進電台，要點播某首只有她才知道的情歌送給她。這類的故事你們都聽多了吧。有些故事感人，有些則是非常離譜，簡直就是天方夜譚。」

哇！看來沉默寡言、總是冷若冰霜的鋼琴美女李晴，也和我一樣陷入回憶了。

「離譜？是怎樣的離譜法？」同事們鼓譟著。

「兩個很離譜的故事之一，是男孩終於打進去那個很難打的徐夢陶熱線，主持人正要播放男孩指定的戀曲時，電話那頭傳來了鍋碗瓢盆碎裂聲。原來男孩被正宮女朋友發現他在點播給『另一個她』。指定的情歌永遠沒辦法播了，因為連喇叭也被砸爛。」

同事們都被逗樂了，好奇第二個故事到底有多離譜。

「另外一個故事是喜是悲，就看妳們怎麼想。這個故事倒不是『點播情歌』給一個她，而是在空中現場表演一首曲子，給一個被點名告白的人，但只能講自己是那個學校，不能說明自己是誰。這讓告白遊戲變得很刺激，因為匿名獻藝，反而吸引深夜一大群粉絲駐足等待。少女情懷總是詩。任誰都想被偷偷地注意著，而這樣微妙的心情卻又不想被說破呢。」

平常不多話的李晴，此刻竟然滔滔不絕，細說自己的廣播歲月，沒注意到同事們都笑了。笑得非常開懷。

「那時候在我們高中，大家每晚都期待自己的名字被點到。隔天女孩圈就會議論紛紛，猜測昨晚那個唱歌的人是誰？昨晚是愛三班的憶凡被點名了，從走廊你就可以看見她陶然的樣子，醉心於每個從窗前走過的身影，心裡不禁哼起小調，喔，是他嗎，不是他嗎？為何每個男孩看起來都像他，卻又不是他呢？」

「結果呢？深夜的唐璜有被指認出來嗎？」

「這就是有趣的地方。如果憶凡很美，整個禮拜就會有一大堆蒼蠅飛來飛去，跑到跟前說自己就是call-in的情歌王子。這不打緊，最多是煩心而已。但如果憶凡不那麼美，她就只能望穿秋水，期待深夜的那個夢中人，翩然地現身。」

李晴雖說得傳神，語氣中竟帶些嗚咽。

「講到這裡，妳們一定覺得很奇怪吧。如果憶凡不美，又怎麼會有人打了幾百通電話，只為了在廣播中獻上自己的情意呢？雖說情人眼裡出西施，可是這個憶凡真的不美。正因為憶凡不美，卻有神祕仰慕者，讓那些妒忌的女孩們私下流言中傷不斷：怎麼可能嘛？瞧她那個樣子，搞不好是自己變聲打給自己喔。」

同事都尖叫了起來。哪有這麼惡毒的言論啦！連胖卡老闆臉色也變了。

「啊，偏偏就是有。中學女孩們對自己外表太過敏感了。她們不一定真的那麼討厭憶凡。她們只是寂寞，恨愛的郵差沒有來過，更恨郵差來了也不按兩次鈴：她們的青春悄然綻放又凋落，沒有人發現。」

卡帶裡的琴聲漸漸褪去，凝結在尷尬的無語氣氛。突然貓喵了起來，我才驚覺胖卡老闆養了一隻可愛的貓，以天真的眼神看著我們。

就在這個時候，李晴又說話了。

「講到這裡，妳們心裡不好意思問，但都在猜那個憶凡就是我吧。否則話題繞來繞去繞這麼久，到底為了什麼？」

我禁不住臉紅了。幸好胖卡上鎢絲燈泡的光很微弱，成為所有困窘的最好偽裝。但從大學時代就出道，被封為「古典鋼琴界小天后」的李晴這麼美，怎麼可能是憶凡？她明明說憶凡不好看哪！

「唉！我不是憶凡。如果我是憶凡就好了。我是那個神祕的情歌王子。」

李晴抽泣了起來。

（不可能啊，李晴的聲音怎樣聽起來都不像個男的啊。而且她不是有個很要好的帥學弟K，大家都說是蕭邦再世？大家不是都說他們曾經在一起過？）

「我不是用唱的，那個節目沒有規定非唱不可，我是用彈的。那年冬天開播了紅遍大街小巷的《交響情人夢》，大家都為千秋王子的酷帥英姿所傾倒。沒人知道，當人們為男女主角一同喝采時，我注目的，從來是那個灰灰髒髒的野田妹。

妳們還記得這部當時風靡全台的日劇裡，野田妹的主題曲是哪首嗎？史特拉汶斯基的《彼得洛希卡》＊，號稱不可能被征服的超技曲。乍聽之下，充滿男性的鋼鐵之聲，哪有什麼溫暖撫慰的段落？可是編劇為什麼替野田妹選了這首看似相反的艱難曲子呢？我去查了《彼得洛希卡》的故事，才發現這是一首木偶尋求自由與愛的命運之歌啊。這不正在說我嗎？我偷偷喜歡憶凡很久了，可是我不能說。我就像是有口難言的木偶，沒有生命，卻在愛裡渴求被深刻地理解。」

「所以妳做了什麼？妳真的在廣播節目裡演奏《彼得洛希卡》？」我不可置信地問。

「太難了。《彼得洛希卡》真的太難了。我在節目上試奏了五分鐘，琴音慘不忍睹。憶凡被我害得很慘，大家以為她自編自導，就這樣淪為眾人的笑柄。我卻不敢出面承認自己就是幕後藏聲人。喔，我不能說，我怎能向她們說，我愛的不是千秋王子，我愛的是千秋眼裡的『那個她』呢？」

李晴說到這裡，幾乎已泣不成聲。

咖啡的熱度還沒冷去，吧檯上說故事的人兒心情早潰堤。陷在故事漩渦的我們，面面相覷，不知如何安慰李晴。

就在這個時候，胖卡老闆不知道從哪裡翻出來一整袋泛黃的卡帶，上面都有手寫的字跡，標註著幾年幾月幾時幾分。

胖卡老闆這才神祕地告訴我們，知名廣播主持人徐夢陶也曾經來到這裡，用好故事交換了好多杯咖啡。最後一次見面臨走前，送給他這一大袋的廣播錄音。

「會不會是這張呢？徐夢陶臨走前告訴我，這場廣播，是他生命中少數難忘的一次call-in，因為打來的人拒絕唱歌，卻彈出很不一樣的鋼琴。這和妳說的情況很相似。」

（眾人無語，不敢相信天底下竟然有這麼巧的事。但想想也不必太過驚訝，光是世上有「能用好故事換好咖啡」這件事，就夠神奇的。）

老闆將徐夢陶口中那張難忘的卡帶放入卡座，咔的一聲，卡帶中的琴音流洩了出來。

先是一陣不可思議的狂奏，然後越來越低，聲若蚊響，有時纏綿悱惻，有時幻境叢生。太糟了，簡直不忍卒聽。雄渾爆炸的《彼得洛希卡》怎麼可能具有如此內省的歌唱性？我是說，這不是《彼得洛希卡》，這是一首想要逃離《彼得洛希卡》的《彼得洛希卡》：沒想到木偶在鋼硬的外殼之下，也藏有一顆炙熱無比的心。

沒錯，李晴的演出在世俗的眼光看來，肯定是不及格的劣作。可是那雙重的調性，既冷且熱，正道盡了李晴當時的心境：她愛她，但她不能說，只好寄託自己滿腔的愛意於冷漠的外表。這是她的優雅自持，無法言說的祕密，卻也是絕望中，一首高貴與傷感的圓舞曲。

如果李晴現在的粉絲聽到這樣的錄音，肯定不敢相信他們的耳朵。這和他們熟悉的李晴風格，有點艷麗又有點冷酷的彈法，簡直像是不同人演奏的。

天將破曉，曙光迎來了一點朝氣，照在李晴的臉上，透露出不可解的表情。

聊了一整夜，胖卡除了咖啡什麼都沒賣，肚子在這時候開始咕咕叫，但那無妨。我有一首好曲子了：一首令人既心碎又感動的曲子，伴隨一個絕美淒苦的故事。

最重要的，我有一個好同事了。在此之前，我從沒這麼近距離地端詳著她。

人們總是說她美。但她的美如冰似霜，始終讓我覺得陌生。

這一刻，我終於真正看見她內心燦爛的風景。

一如她美麗的名字，雨後而初晴。

原本寂冷的心情，也隨著熱烈的生命故事和胖卡老闆的好咖啡，全部一掃而空了。

樂曲介紹與音樂連結

＊《彼得洛希卡》（Petrushka）

《彼得洛希卡》，亦譯作《木偶的命運》，是俄羅斯作曲家史特拉汶斯基所寫的一部芭蕾舞劇。和前作《火鳥》（The Firebird）不同，《彼得洛希卡》既非民間故事，也非改編自他人的作品，是作曲家想像一個木偶有了生命的機遇之歌。有炙熱的愛、也有燃燒的忌妒，是充滿張力的音樂作品。

聽不見的樂符

先是一片黑暗，然後琴聲劃破天際，穿越了不可能的結界，一切就有了光。

可是在光之前，你可曾想過有什麼？

一首《工作交響曲》。那是舞台人員忙進忙出的聲響，也是觀眾在台下等待的心跳。

調音師說，這是你要的音色？

不，我要再明亮一點。

燈光師說，這個色溫完蛋了，鋼琴家的臉看起來超級暗。

無數人的努力，無數的心語和獨白，造就台上鋼琴家獨一無二的演出。

所有的目光都在鋼琴家身上。

所有的人都知道，此刻音樂之神正籠罩在大廳之上，降福於此。

他們知道奇蹟發生了。

但他們卻不知道，比鋼琴家更注目於現場演出的，是坐在他身旁這位女士。

井上陽子，一位翻譜員。

鋼琴家是必須忍受孤獨的。而作為一位翻譜員，除了必須忍受孤獨，還有來自聽眾不信任的嘲笑和可能的惡意。

他們喜歡那個流傳已久，關於魯賓斯坦*的故事。大意是說，魯賓斯坦擁有風靡全場的能力。他演奏從不看譜，也就無需翻譜員。

一九六四年魯賓斯坦重訪蘇聯，在莫斯科柴可夫斯基大廳舉行演奏會。那天大師的狀況很好，上半場最重要的蕭邦《第二號鋼琴奏鳴曲》*，第一樂章彈得有風有火，沒想到第二樂章大忘譜，只好即興編了一大圈，卻還是繞不回來，最後索性直接跳到下一段。

你以為偉大的魯賓斯坦這樣就被擊倒了，才沒有呢。忘譜乃是兵家常事，錯音也無須罣礙。大師的心中有塊壘，下一首《英雄波蘭舞曲》*彈得山河變色，撩起聽者最敏感的神經。最後一顆音符落下的時候，觀眾的掌聲都要把屋頂掀了。沒有人發現，剛剛大師是如何調皮地繞過一大段樂曲，直達音樂的最高潮。

觀眾都喜歡這個故事。哪怕聽起來像是天方夜譚，從來沒有人不買單。

在他們的想像中，「一流的」鋼琴家就是要有記下全本樂譜的能力。而「超一流」的鋼琴家，那些雙手肯定被上帝親吻過的真正大師，則進入到一種「無招勝有招」的境界。你記得也好，最好你忘掉。事實上，你忘得越多越好，因為你就是譜，你即興的裝飾奏和別出心裁的彈性速度，就是世間最美的音樂。

一旦觀眾把鋼琴家無限上綱到近乎天神的地位，他們就忘記譜是有人寫的。而譜是有人翻的，無論是鋼琴家在腦海裡自動翻頁，還是留一個位置給名為「翻譜員」的人來進行這項毫不起眼的儀式。

「翻譜員」，一個多拗口的詞，好像天生就要和鋼琴家作對似的。為什麼我們需要你？肯定是鋼琴家功力不夠，才需要在萬籟俱寂的鎂光燈中，冀索一點點的指引吧？

§

翻譜員越是彰顯他們的存在，就越磨耗了鋼琴家在觀眾心中的地位。

身為一個藝文副刊的記者，我的職責就是為觀眾發掘那些他們從來沒有觸及的境地。如果狀況夠好的話，我還可以透過專訪和文字的力量，成功消除他們某些生根多年的偏見。

其實我注意到井上陽子小姐已經很久了。

我的好奇始於陽子小姐最近三場的合作演出，都是重量級令人敬畏的鋼琴名曲。它們分別是巴拉基列夫的《伊斯拉美》與史特拉汶斯基的《彼得洛希卡》，以及當然了，鋼琴之魔李斯特的炫技名曲：《B小調奏鳴曲》*。

在我跑音樂會的記者生涯當中，很少看到鋼琴家願意在表演如此強悍的大型曲目時，還需要翻譜員。這幾首正是炫技用的，無法背全譜還得靠人指引，這樣的鋼琴家大概也好不到哪去，不是嗎？

我檢視了和陽子小姐合作的這幾位鋼琴家經歷，天哪，都是在樂壇早有定評的出色音樂家。換句話說，依照他們的能力，以及考量這幾首曲子的炫技特性，他們是絕對不需要陽子小姐當翻譜員的。

那為什麼他們需要井上陽子在身旁？

我越想越奇怪，始終百思不得其解。一個下午的咖啡空檔，我趁機問了同行跑藝文線的小慈，問她是否有無專訪到陽子小姐的管道。沒想到她給了我一個白眼，說沒人在專訪翻譜員。專訪大師的點閱率已經夠低，何況是一個佔據角落不出聲的翻譜員呢？

小慈的這番冷言熱語，並沒打倒我。我們做記者的，要學會在不疑處中生疑，才能看見那些被隱蔽的真理。我才不理小慈話中的刺呢！反正現在網路這麼發達，自己找答案才是王道。

令我吃驚的，關於井上陽子的資料付之闕如，除了跟她合作的鋼琴家外，找不到任何可以聯絡她的管道。

學歷不知道。我猜是茱莉亞或柯蒂斯學院。

現居所？至少是地球某處吧。

最親近的人？死掉的作曲家。

天哪！茫茫人海，到底怎樣才聯絡得到這個沒有臉書、沒有IG的「現代隱形人」？忙了幾個下午，苦無線索的我，最後只得硬著頭皮找與她合作鋼琴家的經紀人。這真是令人尷尬的作法，報社打來要專訪，不是要訪問成名已久的鋼琴家，卻是一位名不見經傳的翻譜員，這叫他們把臉往哪裡擺？

尷尬也就算了，如果能得到答案，一切的辛苦都無所謂。沒想到我聯絡各家合作的經紀公司，竟然沒有人知道陽子小姐的下落。

§

陷入膠著的週五晚上，我決定放自己一個假。

走在台北城繁忙的街道，我意外地發現了一間來去自如的胖卡咖啡館，裡頭還有一隻超可愛的小貓，總用天真的眼神看著你。

不過吸引我的並非老闆煮出怎樣的好咖啡，而是老闆播放的那首曲子，正是我腦海裡揮之不去的李斯特《B小調奏鳴曲》。

熟悉的旋律召喚著我，我只好囁嚅地向老闆要了一杯咖啡。

咖啡的確不苦又回甘，很值得花錢來品嘗。但等等，我的錢包呢？

不知哪來的魔法，他彷彿一秒就看出我的心事。

「沒帶錢沒關係喔，大家好像總是這樣」，他一邊這麼說，一邊指著胖卡旁邊小黑板上用粉筆寫的一排字：

「好咖啡交換好故事」。

我愣住了。我跑過這麼多新聞，從來也沒看過如此異想天開的交換計劃。若胡扯的故事就能騙上一杯好咖啡，那生意遲早做不下去，咖啡館馬上就要關門大吉。

但眼前的老闆不太一樣，臉上有傷疤的他，在輕柔音樂的放送下，顯得出奇的溫柔。他細心手沖的咖啡、他整個人散發出來的氛圍，讓我感到一種莫名的安心。

最重要的，因為實在不好意思喝咖啡不付錢，我決定把最近幾週心煩的事，一股腦兒全告訴他。

聽完我這根本也稱不上故事的大雜燴牢騷，胖卡老闆不發一語。

「謝謝妳跟我分享這麼有趣的一件事。不曉得我幫不幫得上忙。但我認識一位也曾在這裡交換故事的鋼琴家K，也許他知道井上陽子的下落。如果妳現在去，他應該會在小詩人書店。」

「小詩人書店？你是說法國人開的獨立書店，時常舉行免費藝文活動的那一家嗎？我跑藝文線的，常有小道消息，之前才聽說因為疫情的關係苦撐不下來，準備歇業了。」

「妳說得沒錯，原本是要歇業了。後來因為有位鋼琴家，在書店和他的舊愛破鏡重圓，他們倆決定從老闆雷蒙先生的手中接棒，成為新一代的小詩人。這位鋼琴家，就是我剛剛跟妳提到的K。」

雖然不覺得胖卡老闆口中的鋼琴家K能夠幫上什麼忙，已然窮盡所有線索的我，決定到小詩人書店碰碰運氣。搭上捷運，轉了五六站，我又重回這個熟悉的地方。

「已經多久沒踏進這裡了呢？」我心想。

大學時，窮得根本沒處去的我經常來書店泡一整個下午。雷蒙先生人非常好，光翻書不買，他也不生氣，還會對你點頭表示稱讚。如此溫柔的他，餵養了好多人的寂寞心靈。

最棒的是，周末常有音樂家在此免費舉辦演奏會。我從來沒有向任何人說過，但我愛上古典音樂並決心成為藝文線記者，跟那些周末的音樂沙龍，有很大的關係。

正當我這樣想的時候，眼前出現的男人，嚇了我一跳。

我不敢相信自己的眼睛。

學生時代因為聽見有人蕭邦彈得這麼美，心跳漏了一拍的光景，瞬間又浮現在我的眼前。

我為什麼跟你說這個？因為眼前這位男人，就是當時讓我心蕩神馳的音樂家Kevin啊。

原來Kevin就是胖卡老闆口中的K，沒想到這麼多年了，我仍然清楚記得他在我心中的樣子。

更沒想到的是，如今的他竟然搖身一變，成為小詩人書店的新一代老闆。不過這幾年忙於店務，Kevin很少錄音，也很少舉行公開演奏，難怪他會消失在我的雷達上。

現在可好了，既然是曾讓我折服傾心的鋼琴家，我想也許他真的有門道，知道陽子小姐的下落。

於是我鼓起了勇氣，向Kevin說明我的來意。為了不顯得太突兀，我提到了神奇的胖卡咖啡，也提到了多年前書店舉辦的沙龍音樂會，是怎麼讓我愛上古典樂的。

Kevin看起來非常感動。他告訴我雷蒙先生的故事，也告訴我小詩人書店如何在多年之後，拯救他和學妹已然無望的感情。

我聽著聽著就入了迷，要不是Kevin突然話鋒一轉，我很可能還沉醉在他精彩的浪漫史，忘了時間，也忘了來這裡的目的。

「陽子小姐嗎？我當然聽過她啊。但真的很抱歉，我不知道怎樣可以連絡上她。」雖然失望，他仍給了我另一條線索。一則我跑新聞以來，最離奇的怪談。

所有的鋼琴家都不認識井上陽子。是陽子小姐自己跑來找他們的。

我問，那陽子小姐為什麼要主動來翻譜？

「你真的想知道？」

「當然想啊，否則我何必來這裡？」

「那你聽好。不能說出去喔。」

我說好。

於是Kevin告訴我這個不好意思說出口的事，而我在這裡甘冒生命危險，大膽地寫了出來。

「這些檯面上的鋼琴家有問題。」

「什麼？鋼琴家有問題？」

「就是這些鋼琴家在演奏會上，彈出沒人覺察到的錯誤，雖然觀眾完全無視，依然獲得滿堂彩，鋼琴家卻自己耿耿於懷。然後，她就來了。」

「她就來了？誰？井上陽子小姐嗎？」

「就是她沒錯喔！擁有絕佳耳力，熟識古今中外所有艱澀曲目的井上陽子。」

聽到這樣的離奇故事，我不由得從座上跳了起來。

我好奇的是，她來了，究竟和鋼琴家們說了什麼？

跑音樂新聞的，都聽過一句老話。

「一天不練琴，自己知道。兩天不練琴，樂評知道。三天不練琴，觀眾知道。」

井上陽子會不會比鋼琴家更知道，自己什麼時候偏離了音樂的核心呢？

我開始在心裡搬演他們之間可能的對話：

「你巴哈彈得太浪漫了，有些肥肉。」

「李斯特的《超技曲》表現得太刻意了。沒有靈魂。」

「孟德爾頌的《無言歌》*要放入能歌唱的情感。你的只是一連串精湛的音符。」

井上陽子會不會正好洞悉了鋼琴家內心的恐懼，從而得以折服他們？

如果真是這樣，那一定要能力強大到足以傲視群倫，才能夠提出深刻而有哲理的見解。

如果真的這樣強大，那為什麼從來沒有人聽過井上陽子的名號呢？

如果真的這樣不可思議，她又為何甘心屈居一旁，演奏那「聽不見的音符」呢？

如果可以，我想要親自問陽子小姐這些問題。

而如果夠幸運的話，我想要親自聽見陽子小姐的琴聲。聽見她如何用自己的聲音，說服了鋼琴家，撼動了他們的世界。

這可能達成嗎？

嘴裡的胖卡咖啡味依舊留香，心裡止不住的問號持續冒泡。

§

十一月二十五號，陽子小姐和大師伊藤二郎在國家音樂廳有一場演出。

怎麼可能嘛？

伊藤二郎可是號稱李希特*以來最厲害的當世鋼琴大師。怎麼可能需要翻譜員？

偏偏曲目還是舒伯特的《第二十一號鋼琴奏鳴曲》（D.960），也是他的天鵝之歌。

舒伯特的最後奏鳴曲怎麼了？

不好懂。那是你得向人生索討過什麼，失去過什麼，才能領悟的幽微風景。

那是你得甘願把自己丟到一個危險的境地，與心裡的困獸搏鬥，很可能一去不復返，就此迷失在作曲家的譜裡，被無聲的自己吃掉。

那是一種生而為人的寂寞，是生命中連舒伯特也有難以言語的時刻；那是馬奎斯在《百年孤寂》所說的，「這世界太新，事物還來不及有名字，必須用手去指」的無言以對。

會不會連用手去指，在黑白鍵上輕快的飛舞，都只是一種留住時間的徒勞呢？

會不會正因恐懼自己被巨大的寂寞吃掉，才需要什麼人在旁坐著。

就只是坐著。翻不翻譜也無所謂。

就只是坐著。光知道有人坐在身旁，就感覺好安心。

一個了解你的人，在黑夜中為你長出柔軟的翅膀，為你承載了所有疑懼和不安，你因而得以高飛。

而這正是我在國家音樂廳當晚所看到的。

伊藤二郎進入了一個冥想的超凡狀態。他把身子壓得很低，而琴聲更低，低到都快聽不見弱音部的呈現了，你卻知道他始終在那，未曾離開。

而未曾離開的，還有陽子小姐。

整場音樂會下來，她真的只是不出聲地坐在哪裡。彷彿連翻譜都是多餘的事。

她不出聲，所有的聽眾卻可以感受到，她和伊藤二郎之間的強大精神連結。

她以眼神細心地、無比溫柔地牽引他的琴聲歸向。

那是不出聲也能傳遞最深心事的交流。

一個眼神就注定了一生。

一次等待就守候了未來。

我流下了眼淚。

這是生平第一次，我在冗長不討好的舒伯特《第二十一號鋼琴奏鳴曲》中，聽見了自己。

所有關於井上陽子難解的謎，自此都迎刃而解了。

她征服的不是鋼琴家最挑剔的耳朵。

她用對生命的熱愛，征服了他們的心。

＊魯賓斯坦（Arthur Rubinstein，一八八七年一月二十八日—一九八二年十二月二十日）

美籍波蘭裔猶太人，是二十世紀最傑出、也是「藝術生命」最長的鋼琴家之一，以演奏蕭邦曲目聞名於世。一九四九年和海飛茲、皮亞堤高斯基（Gregor Piatigorsky）所組的三重奏，因為三人身價驚人，讓他們被稱為「百萬美金三重奏」。

儘管是大師中的大師，魯賓斯坦演奏時有時會忘了譜，而他自己從不以為意，還常以此開玩笑，並宣稱對音樂本身最糟的違背行為就是在節奏和力度方面的墨守成規。

＊蕭邦《第二號鋼琴奏鳴曲》（Piano Sonata No.2，Op.35）

波蘭作曲家蕭邦創作於一八三七—一八三九之間的鋼琴奏鳴曲，這首奏鳴曲的第三個樂章是一首《葬禮進行曲》（Funeral March），也是蕭邦的標誌性作品之一。此樂章不僅在蕭邦自己的葬禮上演奏，許多國家元首的葬禮上也會使用這首曲子。

＊蕭邦《英雄波蘭舞曲》（Polonaise "héroïque" in A-flat major, Op. 53）

波蘭作曲家蕭邦創作於一八四二年的一首波蘭舞曲，獻給其好友——德國猶太銀行家奧古斯特・萊奧（Auguste Léo）。作品標題「英雄」為後來音樂學家和鋼琴家所加。波蘭舞曲是最具有蕭邦靈魂的作品，也是他在年輕時就被迫離開華沙，寫給國破家亡的故鄉的一封封情書。

＊巴拉基列夫《伊斯拉美》（Islamey）

俄羅斯作曲家米利・巴拉基列夫（Mily Balakirev）於一八六九年創作的一首鋼琴作品，被認為史上最困難的鋼琴曲目之一。作曲家本人承認，某些段落連他自己也無法駕馭。

＊李斯特《B小調奏鳴曲》（Sonata in B minor，S.178）

李斯特的B小調鋼琴奏鳴曲在一八五三年完成，此曲獻給羅伯特．舒曼，作為舒曼《C大調幻想曲》的回贈，被認為是李斯特最艱難的曲目之一。

＊孟德爾頌《無言歌》(Lieder ohne Worte)

孟德爾頌（Felix Mendelssohn）的作品集《無言歌》共有八組樂曲，每組各包含六首曲子，創作時間遍及孟德爾頌一生，且各組樂曲皆分開出版。雖然沒有歌詞，卻充滿生命的不同感受，讓聽者掙脫了文字的束縛，感性的想像力得以馳騁。

＊李希特（Sviatoslav Teofilovich Richter，一九一五年三月二十日—一九九七年八月一日）

出生於蘇聯，李希特被公認為史上最偉大的鋼琴家之一，曲目極廣。二十世紀鋼琴怪傑顧爾德幾乎不曾對任何人鋼琴家說過任何好話，但有次他參加李希特的音樂會，本來想要離開，因為曲目正是他討厭的舒伯特，卻因為李希特彈的音樂實在太不可思議了，於是他決定留了下來。

聖潔的女神

我和林先生認識已經十多年了。

林先生經營的這家小唱片行，在川田街尾，一個不是很好找的地方。川田街外的大路上，是新興的影音賣場，任何人都可以在這裡找到時下最新的發行專輯。除了重度的吸膠者，一整天下來，幾乎很少人走進林先生的店。

是的，林先生的店只放黑膠和卡帶。如此不合時宜，不是因為林先生討厭CD，而是他年輕時練琴練出脊椎毛病。醫生矚咐他要多起來走動。

放CD太容易了，一個小時才需要起來換片一次，有了搖控器之後更加方便，隨手一按repeat，大概一整天都可以陷在自己的慵懶皮囊裡，爛光也沒人知道。正因為黑膠不方便，反而成為救贖的契機。每二十分鐘，就必須強迫自己起來換片一次，讓林先生的骨頭有了被重新活化的可能。

可是這間唱片行卻拒絕被活化。

身為一間二手唱片行店長，林先生經濟狀況實在太糟了，連修理門框的費用都湊不出來。從外觀看，這裡根本不像一間唱片行，特別是因為在街尾的關係，寂寥的氛圍，讓它看起來倒像一間半夜會傳來慘叫的鬼屋。

這就是林先生和我認識的緣起。由於無人聞問的黑膠唱片實在難賣，林先生被迫延長營業時間。每晚不到十點，大門不會關上。（關上也沒用，門框早就壞了。何況有誰想偷這些虛佔位置的過時唱片？）

二〇〇七年九月十六號，卡拉絲逝世三十年的當晚，我走進了林先生的店裡。

每年的九月十六號，是卡拉絲*的忌日，林先生照例都會放上歌劇《諾瑪》*，聆聽那首〈聖潔的女神〉*。卡拉絲雖然風流韻事不少，但透過她歌聲藝術的昇華，我總能在心中激起聖潔的靈光。但那聖潔絕非宗教性的，更趨近人性底層的顫抖吶喊：是因為受了這麼多苦，千瘡百孔的我們，才得以凝視性靈的真正自由吧。

然而，任何音響系統想要重播卡拉絲，是很難好聽的。大部分的系統，卡拉絲的聲音都過於尖銳和扭曲，這是林先生跟我說的事。

在此之前，我從來沒有這麼想過。二〇〇七年九月十六日晚上，我打從林先生的店門前走過，無意間聽到他正在播放卡拉絲的黑膠，心裡大受震撼，因為我從來沒有聽過這樣好聽的聲音，就這樣走進了店裡。

從那天起，我每天都會來林先生的店裡，花上幾個小時，陪林先生天南地北地聊，獨守我們彼此的寂寞。他愛我對類比的堅持，而我愛他故事裡的幽深與綿長。

然而，他不知道的是，比起卡拉絲的優美歌聲，我喜歡的是男人示弱易碎的樣子。

我知道他內心從來就沒有我的。儘管我們認識了這麼久，卻還像是最熟悉的陌生人。

他從來不多過問我的事，例如為何我總是一個人在夜裡孤單地來，又孤單地離去。

例如多年前的那個深夜，我怎麼會打從林先生的店裡走過？任誰都不可能在那個時間點，走進那麼黑暗可怕的川田街尾。

這些，他都沒有問。

在他的心中，林先生永遠只把我當成聽音樂的伴侶，一個可以互相取暖、但無法真正擁抱觸及的人。有好幾回，他就在我的面前聽見卡拉絲最揪心的歌唱，卻聽不見我內在的撕裂虛空。

也許林先生很早就懷疑了，但他從來不問。生怕多年培養出來的默契，就這樣毀於一旦。

只是心中那個念頭，卻總是如影隨形，在每個唱針唱到內圈的當下，沙沙沙地發出令人煩躁的詰問：

「那麼晚了，邱小姐在那裡做什麼？」

「那晚進來，邱小姐看見我的眼神，為什麼那樣的落寞？」

「她該不會有什麼過不去的心事，要到暗巷裡解決？」

答案其實很明顯，只是林先生從不願深想，念頭總在卡拉絲唱片翻面又唱時，高速地轉了個彎。

沒錯，遇見林先生的那晚，我原本是要尋短的。他不問，我也就不說。

林先生不知道，遇見他的那天，我找到了音樂，我找到活下去的勇氣。

林先生不知道，遇見他的那天，我給了他我的所有，同時卻失去了一切。

他聽見了《諾瑪》。聽不見我內心寂寞的渴求。

一如往常，今晚我又回到了林先生的二手唱片行。

但今晚的空氣不一樣。

他告訴我，這些年的歲月，他都奉獻在音樂上了。現在的他，身心俱疲。他決定把店面頂讓出去，要不是因為我這幾年來的陪伴，他早就撐不下去了。

除此之外，他什麼話也沒說，感覺欲言又止。抽了幾口煙、喝了幾口淡啤酒，有那麼一刻，我覺得林先生迷濛的眼裡，閃著淚光。

那是我們最後一次見面的晚上。

不久之後，我在網路上得到消息。林先生的二手唱片行正式走入歷史，承接的店長拋售大量頭版夢幻黑膠。

§

最近我常做同一個夢。夢到我與他相遇的那個晚上。夢見卡拉絲把我們綁在一起，只是我的心早不再年輕，更無法聖潔。奇怪的是，夢裡我變成了他，他成了門外駐足的我。他在門外看見了黑暗中的微光唱片行，聽見了卡拉絲，卻不知是否能夠鼓起勇氣，推開發出異音的門框，進入那個只有音樂轉動和我的魔幻時刻。

像是個明明知道這是自己的家，卻怎樣也找不到鑰匙的小孩，我還在等待。等待被找到，等待花落雲開、音樂驟停的那個瞬間。

當世界所有的音符終於停下，我期待，他終於能夠聽見我的心跳。

＊卡拉絲（Maria Callas，一九二三年十二月二日—一九七七年九月十六日）

美國籍希臘女高音歌唱家。卡拉絲是義大利「美聲歌劇」（Bel Canto）復興的代表人物。卡拉絲的熱愛者稱呼她為「La Divina」（義大利文，意即女神）。卡拉絲傳奇的演唱功力和舞臺魅力，讓她成為有史以來影響力最深遠的女高音之一。

這邊放上的連結是卡拉絲演唱的比才《卡門》（Carmen）。底下有個留言是這樣說的：「卡拉絲在二分十五秒才演唱，但她在第四秒就已經開始她的表演了。我從沒想到光是看一個人在舞臺上站著也可以那麼有戲！」

＊歌劇《諾瑪》（Norma）

義大利作曲家貝里尼（Vincenzo Bellini，一八〇一—一八三五）創作的一齣歌劇。劇情描寫高盧女祭司長「諾瑪」，本應率領族人對抗羅馬總督，卻懷上了總督的孩子。就在此時，諾瑪發現情人愛上了身旁的年輕女祭司。諾瑪就在愛恨交織的命運中，最終選擇寬恕一切，犧牲自己投入熊熊烈火。要唱好「諾瑪」一角非常不容易，向來被視為首席女高音的生涯挑戰。

《諾瑪》最有名的詠嘆調當屬〈聖潔的女神〉（Casta Diva）。那是諾瑪向月之女神唱出的心靈祝禱。卡拉絲的演唱，向來是本曲公認的的決定版，一九五八年在巴黎的演出，全場觀眾起立鼓掌不輟，一連謝幕十六次。

值得一提的，香港導演王家衛的電影《2046》，王菲在東方酒店天台上想著情人的著名場景，畫面傳來的〈聖潔的女神〉如此扣人心弦。其選用的版本，正是卡拉絲所演唱的。

以你的名字呼喚我

為了一個「好故事換好咖啡」的計畫，阿昌辭去教職買胖卡，穿梭台灣各地，這些日子以來，他已經聽過許多令人魂牽夢縈的故事。但我的故事，他從來不知道。

我內心的旋律，他從來沒有聽過。

而現在，阿昌已經打第三次電話給我了。

三次我都讓電話響不停，直到全世界的思索都燒光，然後等他放棄，然後等他不識相地，在大半天之後又再打來。

我知道他要做什麼。他要邀我參加藍調酒吧的末日派對，紀念我們相識的那一天。

我不敢見他們。我沒有勇氣見他們。當年在藍調酒吧聽爵士的年輕小伙子們，現在都是各方有頭有臉的人物了。而我還在這裡，什麼也不是，什麼也沒有，欠了一屁股債，準備關門大吉。

我連一台像樣的車，可以赴約的那種都沒有。

在這個沒人聽實體音樂的年代，我在僻靜的川田街上，開了一家二手唱片行。作廢的青春裡，我仍癡心地遙想著時光的幻夢。

我那台豐田的三手老爺車，陪我征戰南北，到處收片。幾個月前到苑里，收了一整車獨居老人留下來的黑膠唱片，其中不乏羅大佑和鄧麗君的原版。也許是太過興奮了，甫上高速公路，就撞上前面一台氣派保時捷。

我嚇得六神無主，一位氣急敗壞的貴婦下車，正要興師問罪。只見她瞧了我車子一眼，又瞄了她後保險桿，原本極為忿恨的眼神竟轉為驚訝。幾秒之後，她就這麼走了。

三天之後，修車廠告訴我車子傷到大樑，建議直接報廢。另外，他們從行車記錄器的影像告訴我，被我kiss到的保時捷，連擦傷都沒有。

這就是為什麼我會連一台可以赴約的車子都沒有。我沒錢沒車沒面子，窮困落魄又潦倒，不想也不願赴那個藍調酒吧的盛約。

「哈哈，林明俊，你怎麼搞的?在這樣的大雨裡，怎麼騎Youbike來?至少也叫輛計程車吧！」

我在內心百轉千迴，想像各種可能的衛生眼和嘲諷。

功成名就的他們，是有各種正當理由踩死一隻螻蟻的。

而此刻我的生命，跌到最深的低谷，連螻蟻都不如。

§

三十年前，渴望成為國際鋼琴大賽候選人的我，在黃美芝教授的家裡進行特訓。三張唱片、二位鋼琴家、一首自選曲。

三十年前的林明俊技巧已經很好。三十年前的林明俊，需要的是忘掉技巧的東西。美芝教授不教技巧，於是她放了第一張唱片：

《霍洛維茲一九六五年重返卡內基現場》*。

「知道霍洛維茲嗎？」

「當然，他是浪漫主義最後一位鋼琴大師。」我說。或者，林明俊說。

「知道霍洛維茲幾乎不聽其他人演奏的唱片嗎？」

「那應該很正常。他應該不想要其他鋼琴家的詮釋影響了自己的風格。」

「可能是如此，也可能並非如此。霍洛維茲從來都沒有明說。但有一件事是很肯定的：他對自己的琴藝沒有信心。」

林明俊說不出話來。

「我知道這很難令人相信。畢竟是霍洛維茲，可不是什麼名不見經傳的琴匠啊。如果說連霍洛維茲都對自己的琴藝毫無信心，那麼，平凡的我們，又該怎麼想？」

林明俊還是說不出話來。他無法想像天神般的霍洛維茲有任何可能出錯的時刻，直到他聽見了轉動中的這一張唱片。

在眾人的歡呼聲下，鋼琴家彈出了第一個音。那像是在雲深霧重的山壑中，倏地傳來的第一道光。

但這道光有了不同的折射。

林明俊剛開始還以為自己閃神了，在幾分鐘後，當他聽見另一個錯音時，他還來不及下結論，旋即又聽見第三個錯音，然後是第四個、第五個……

怎麼可能？霍洛維茲怎麼可能把鋼琴彈成這樣？

他收拾自己的驚異，想知道教授有什麼反應。

黃美芝教授安坐在自己的椅子上，不發一語。一行眼淚，落在臉頰旁，顯然未乾。

「這場演奏會，我是真真切切地在場聽過的。」教授開始了一個不可思議的故事。

「那年我才五歲，和留學的父母親旅居海外，過著非常清苦的生活。在最窮困的時代裡，家裡卻有最富足的心靈礦脈。那是一台老式的黑膠唱盤，總在寂寥的午夜傳來發燙的樂符。聽著霍洛維茲演奏舒曼的《兒時情景》，搖籃椅上的嬰兒睡得香甜，如一首最美的

〈夢幻曲〉，撫慰了心靈，讓他們得以在艱難的留學生涯有了依靠。

就這樣，早在一九六五年，霍洛維茲復出重返卡內基現場之前，我孩提的記憶，都是大師在搖籃前的琴聲。雖然還沒有正式學過琴，對他音色的變化，早就銘記在心。那天父母親顯得特別高興，漏夜排隊，為的是一睹大師風采，聽見那個陪伴他們無數困頓夜晚的溫暖之聲。

剛開始等待時，根本沒有幾個人。爸媽兩人站著站著就開始打盹。等到大半夜，冷風直吹，窮留學生禁不起露宿的寒意，被冷風刺醒，然後就是一陣撲鼻的咖啡香。他們揉了揉眼睛，不敢相信霍洛維茲和他的夫人帶著咖啡，趕來問候這些漏夜排隊的觀眾。老大師雙眼濕了，只聽得他用略帶口音的美語說，『喔，謝謝你們來。謝謝。我真以為……過了這麼多年，沒人會記得我。沒有人。』

霍洛維茲說這話時，咖啡傳到了現場排隊的七、八人手中，那時天還未破曉。夜裡的寒氣還未散去，說是熱咖啡驅走了他們的肢體寒冷，可是真正溫暖他們心靈的，恐怕是大師無比的熱情吧。

臨走前，他說，謝謝你們來，今夜不管觀眾有幾個人，我都將為你們演奏。當晚卡內基的大門打開時，所有的坐票都賣完了，連站票也告售罄。音樂廳大門關上的那一刻，外頭還有無數的人隔著門，貼緊耳朵，想要聽見上帝的聲音。」

「我知道你在剛剛的唱片聽見了不可原諒的錯音。」美芝教授嘆了一聲。

「可是你知道嗎？當日在現場的我們，沒有一個人聽見那些錯音。我們的心和大師靠得非常近，沒有人在乎那些錯音。我們感受的，是一種近乎神性、充滿尊嚴的人性光輝。知道大師為什麼彈錯音嗎？那是他終生對自己的琴藝焦慮，被眼前不可能的觀眾所瓦解的明證啊。他太興奮了，他無法自已。錯音是他和音樂共振的方式。錯音是他和我們共振的方式。」

那是我第一次聽見，錯音也能具有救贖的力量。

音軌播到盡頭，發出了嗶波的聲音。

第一堂上課就在看似什麼都沒有的、卻還有什麼的嗶波聲中結束。

等到播第二張唱片，又過了好幾個禮拜。

這段期間，教授都沒有說過一句話。她讓我放縱地彈。她讓我發揮畢生所能的創意和指法，以及我還不能的那些。

她讓我在她的面前，像是個裸身之人，無私地把一切交了出去。

她仍然不發一語。有一天，我對她的憤怒和不解達到了最高點，原本守備如此森嚴的我，竟在布拉姆斯的奏鳴曲上，門戶大開露了餡。

我犯了一個致命的錯誤。我投射了我最深的感情。

我彈錯了音。

「好了。今天我們可以聽第二張唱片」，她淡淡地說。彷彿只有當我真誠地擁抱自身的缺陷，我才彈奏出「真正的音樂」。

上回放號稱「在最小樂句也能變化出九十九種音色」的霍洛維茲，這次不知要放誰的唱片？

唱針碰到黑膠的瞬間，最先流洩出來不是任何琴音，是如雷的掌聲。

又是一張現場演奏。

「知道巴克豪斯*是誰嗎？」

「能把鋼琴當作整部打擊樂器來敲奏的『鍵盤獅王』嗎？我聽過他和樂團合作過的許多鋼琴協奏曲，大有勢如破竹的山河湧現感。」

「是嗎?那你聽聽這張唱片。這次，我只有一個要求。要樂曲結束之前，讓我們保持最大程度的緘默，讓我們在安詳中凝望事物。」

經過上一次的霍洛維茲洗禮，我心裡已有準備，教授想要告訴我的，常不在聽得見的音符裡，在聽不見的空氣流動之中。

雖然已有準備，巴克豪斯的琴音仍震懾了我。那與傳說中的威猛剛健形象，有極大的落差。取而代之的，是更為內化自省的歌唱性。

這怎麼可能是巴克豪斯?而且最重要的，貝多芬的《第十八號奏鳴曲》*明明有四個樂章啊，他怎麼只彈了三個樂章?其後的舒曼《幻想曲》*也彈得有氣無力的。這究竟發生了什麼事?

教授叫我在樂曲終止前都不要交談，想必她也知道唱片裡有些不甚合理的地方。

我忍著滿肚子的疑竇不發，直到最後一首作為安可的舒伯特鋼琴小品彈完，教授才為我揭開了奧妙。

這不是巴克豪斯的現場演出而已，這是巴克豪斯最後一場演出。一周之後，他就與世長辭了。

一九六九年六月二十八日，巴克豪斯強忍著身體的不適，也要為現場的觀眾獻上音樂的信念。後來，表定的貝多芬奏鳴曲他彈不下去，到了第三樂章的終了，巴克豪斯只能過廣播致歉，必須抽換當日的演出曲目，改以精緻小巧的舒曼的幻想曲〈黃昏〉與〈為何〉。

雖然是二首熟到不能再熟的曲子，我卻從來沒有這樣地被感動過。我聽見了大師向天堂叩門的溫柔和勇氣。像是在說，我不行了，死神就在我身旁窺伺著我，等待我琴音斷掉的那一刻。但我不能停下去，只要像這樣不斷地演奏下去，我就能戰勝死亡，以指尖觸見上帝的容顏。

第二堂課，第二張唱片。到安可曲結束前，我們果然都沒有交談。

我們在心中用力鼓掌，為晚霞的末日餘暉，也為餘暉裡不滅的生命之歌鼓掌。

第三堂課，也將是最後一堂與黃美芝教授的大師訓練班，我期待聽到不同凡響的音樂。

我知道，只要通過這三張唱片的試驗，我就能在大賽中，提煉出類似原鑽的光。

雖然美芝教授不教我什麼技巧，但我自覺彈得比之前都更好了。我是說，在聽過霍洛維茲的現場演出後，我信心大增。而這不只是因為Even Homer sometimes nods，大師也會有犯錯的緣故而已。那是因為我知道犯錯的原因，是來自於一個深沉的觀眾召喚和期待，更是一種將焦慮徹底人性化的表現。

我開始不怕彈錯音，我拚了命放膽去彈。我覺得我的心快要爆炸，每分每秒都有新的樂思不斷湧現。

好朋友柯杰生找我出去吃飯，我說沒空。繆思在我耳膜裡撒下不可思議的靈光，我彷彿就要和音樂一起抵達世界的盡頭。

晚上杰生又來找我，我還是沒出去。就這樣我過著無日無夜的練琴生活，也不知道多少餐沒吃。有天杰生終於撬開公寓大門，要我看清楚外頭發生了什麼事。

「美芝教授中風了！」他說，順便賞給我一個大耳光。

我瞬時感到天旋地轉，不是因為耳光劈啪響，是因為關心那位守燈人的狀況。

杰生開車，我連忙和他趕到醫院。情況並不樂觀，教授經緊急開刀手術後，雖尚能勉強說話，但這輩子再也不可能彈琴了。

大賽臨行前最後一面，教授歉然地說，不能和我聽第三張唱片了。

「那有什麼關係」，我含淚對教授說。「我今生所要學的，您都教給我了。有什麼還沒聽的，有什麼曲子想要我彈的，我將真摯地獻奏給您。」

「那大賽自選曲要選什麼呢？」教授艱困地發音。我心裡更難過了。

我說我也還沒確定，可能是《展覽會之畫》＊或者《伊斯拉美》。

我就是懷抱著為老師而奏的心情去參加大賽的。一路過關斬將，我不意外，彷彿這是必然的結果。

我已經學會了錯音後面的可能溫柔。

我也聽見了巴克豪斯的希望之歌。

我知道，只要我把這些在唱片裡聽見的人性之光，如實地、一字一句，不帶半點賣弄地彈奏出來，我就能傳遞世間最深沉的情感，我就能用音樂融化全俄羅斯最寒冷的冰霜。

那一夜，我沒彈艱澀無比的大曲目。既非《展覽會之畫》，也非《伊斯拉美》。

我彈最簡單的柴可夫斯基《四季》＊。我要用最簡單的音符，如縮時攝影一般，綻放出青春的四時遞嬗。那是我對生命的最高禮讚。

獎項揭曉的那一夜，我拿了冠軍。全世界的焦點都在我的身上，我卻無暇應付，匆匆留下了一大堆唱片公司的合約，什麼也不敢簽不想簽。一心只想快快回國探望老師。

我想要親口告訴她，我做到了，我把最美的音樂奉獻給您了。

美芝老師走了。

望著空蕩蕩的病床，他們告訴我，一切都是假的，她手術後根本沒有好起來，而美芝教授是承受著多大的身體痛苦，靠著強力嗎啡，才得以送上那幾句道別的話，為的就是要鼓勵我追尋自己的夢，彈自己的音。

他們又告訴我，走的那一天，她只聽到我彈奏《四季》開頭的十個小節。而她的面容很安詳。

她知道我已經準備好了。

我卻不知道自己準備好了沒有。

從那天起，我便過著失魂落魄的生活。獎項對我來說，已無任何意義。我掙大獎是為了讓老師驕傲。睹物思人，望著金黃的獎杯，那光好像在燒著我的眼睛。喔不，我不要看了。那光越強烈，她空虛的位置就刺得越深。

每天都有唱片公司打電話給我，問我合約簽好了沒有。

每天報章媒體上都轉載我的最新消息。標題聳目，諸如「大賽冠軍的落跑人生」或是「誰殺了古典鋼琴家」？

這問題好，是誰殺了古典鋼琴家？

是誰殺了林明俊？

哀莫大於心死的林明俊，如一介遊魂，不專注灌錄自己的唱片，卻把霍洛維茲和巴克豪斯的唱片聽了又聽，直到唱針磨損，溝紋大裂，他也沒有停下來。

然後有一天，他發現這樣的音樂再也無法感動他。於是他打開了廣播，無意間聽見了查特·貝克吹的小號，感覺整個世界都在振動。

爵士開始對他說話。

爵士以極其獨特的方式，理解了他的整個存在。

從那天起，他便流連於深夜的爵士酒吧，彷彿在那裡，他就能再一次發現長夜盡頭的光。

這就是我和阿昌相遇的經過，在一間叫做藍調的爵士小酒館。我壓低了自己的帽子，刻意不彰顯自己的存在，沒想到有人從背後冒出這一句：

「咦？你是林明俊嗎？我在電視轉播上看過你。」

時光荏苒，就這樣又過了好多年，林明俊成為了一家二手唱片行的老闆。不為什麼別的，只因為這樣最方便，他把糊口的工作當作救贖，不僅可以三餐溫飽，還可以免費聽那些老唱片。那是他鄉愁自己與緬懷老師的唯一方式。

只不過當所有人都忘了世上曾經有一個叫林明俊的大賽鋼琴家，有些人還執迷不悟，想要拚命記得。

他沒有問過，但他總懷疑第一次見面時，他的老客人邱小姐早就認出他來了，就像阿昌當年在藍調酒吧那樣發現了他。

他的好朋友阿昌始終未曾忘記，當年林明俊是如何在電視轉播中，以《四季》這樣毫不起眼、淡雅風茗的小品組曲，徹底征服了評審的耳朵，也撼動了他們拒絕再被撼動的心靈。

阿昌也還記得，一位匈牙利籍的女評審在賽後接受訪問，談到面對兩位勁敵分別演奏李斯特《B小調奏鳴曲》和巴拉基列夫的《伊斯拉美》，林明俊怎麼可能有任何勝算時，她淡淡地表示：「林明俊的內心有一塊非常敏感而柔軟的地方，是非常多現代超技鋼琴家怎樣也達不到的境界。」

他從來沒有停止詰問自己，林明俊內心那塊「非常敏感而柔軟的地方」，究竟是什麼？

過了這麼多年，每當夜深人靜之時，阿昌會把思緒放得很低很低，隨著身旁爵士唱片傳來的音樂，帶他回到很久以前，他和明俊在藍調酒吧初相遇的場景：一個懷有絕技的鋼琴少年，聲淚俱下，拉著他的衣袖，說他再也不要彈琴了。

§

有一天，阿昌收到一個奇怪的包裹，打開後才發現那是一份林明俊的卡帶錄音，非古典也非爵士。錄音的品質並不太好，彷若冬日的陽光，給人溫暖，也給人荒涼。

他的琴音，和他記憶中那位守備森嚴的大賽少年不一樣。

阿昌竟然聽得見技巧上的破綻。

但破綻之外，阿昌覺得自己還聽見了什麼。與其說是破綻不如說是一種「開放的感受」。好像明知那裡是險路惡途，不該這樣彈的，但他就是這樣彈了，雖然常常跌得狗吃屎，終究是走了出來，而且樂句依舊流暢、沒有任何不合理的地方，彷彿一切正當如此、必須如此。

對，就是開放的感受，讓阿昌聽見破綻之後的新天地。Every cloud has a silver lining. 他們不是這麼說的嗎？每朵烏雲背後都有閃耀著光芒的「銀線」。銀線是什麼？銀線可能是破綻，卻也可能是展開全新意義的緯度。

「一種鮮活而直觀的感受」，他在心裡打量著明俊的新琴音，讓人聽見鋼琴家從未讓人知曉的一面。那是他的軟肋、他的弱點。而他的敏感，像黑洞一樣，充滿深邃的吸引力，要把人往不尋常的地方帶去。

阿昌聽見林明俊奮不顧身地縱躍了，但他什麼都沒說。他和明俊認識這麼多年了，他卻始終不敢告訴任何人：他這一縱，向自己跳來。

他心裡明白他們是不可能在一起的。那樣的「錯音」太明顯了，那樣的「破綻」背後沒有任何希望。阿昌始終沒有辦法忘懷，多年以前他和小武的那一段情。那讓他在下了大雨的台北街道上發狂地亂走，就只為了找到自己存在的意義。他再也不想回到那個無望的心碎之夜了。

家貓小福突然喵了一聲，把他從回憶的苔蘚拉回現實的土壤。此刻胖卡的音響仍然播放著這捲新卡帶，但空氣好像有些不一樣了。

阿昌突然發現，這首很像古典又不是古典、帶有爵士即興風味的曲子，是根據柴可夫斯基《四季》自創的變奏曲，難怪他從來沒有聽過。

他想起多年前的那個夏天，他在藍調酒吧喝著冰涼的威士忌，對明俊說「多虧你還拿了首獎。其實你那年彈得還不夠好。柴可夫斯基的這套曲子，講得不只是四時節氣，而是生命深沉的憂歡離合。那裡頭有幽微的、幾乎是含蓄到不行的愛啊。在短曲〈十一月〉裡，看似寂寥冷銀似的空寂樂句，有最溫暖的爐火撫慰著你的心。你也許會因此而受傷但你顧不得那麼多了：你把自己交了出去。」

沒想到自己隨口的幾句話，讓明俊永遠收在心裡。

更沒想到的是，明俊永遠把自己放在心裡。

你也許會因此而受傷但你顧不得那麼多了：你把自己交了出去。

而眼前的這份錄音，儘管品質並不太好，彷若冬日的陽光，給人荒涼，卻也給人溫暖。

那是生平第一次，有人可以不說一句話，就傳達了世間最響然的心事。

一首only for you 的鋼琴變奏曲。

如果你聽到了，那麼，什麼都不必說，你就已經什麼都知道了。

阿昌知道自己知道。但他不知道自己是否還有機會。

他不知道自己是否還有機會贖回青春的一切。

二十五年後，藉著藍調酒吧爵士末日派對的名義，他顫抖地撥著那組通訊號碼。

「嘟嘟嘟，您播的電話號碼無人接聽，請稍後再播。」

嘟嘟嘟。

嘟。

嘟。

嘟嘟。

嘟。

§

阿昌已經打第三次電話給我了。三次我看到都讓它響到電話的那頭燒光全世界的思索，然後等他放棄，卻又不識相地，在大半天之後，再度打來。

我知道他要做什麼。他要邀我參加二十五週年的藍調酒吧派對，紀念那個我們相遇的日子。而我連一台像樣的車子都沒有。

但這次有點不一樣。

他只讓電話響了一次就掛斷。然後，生平頭一次，他在掛斷後，留下了撲朔迷離的語音訊息。裡頭沒有他的聲音，除了一首沒沒無聞的鋼琴小曲。

一首only for you的鋼琴變奏曲。

如果你聽到了，那麼，什麼都不必說，你就已經什麼都知道了。

我什麼都沒有說。

我走出門，顧不得自己什麼爛車都沒有，而唱片行過了今晚就要歇業。我只是一路狂奔下去。

在抵達愛情的終點之前，我要讓琴音跑得比世界都快。

在世界吞沒我們之前，我決定，再一次和你相遇。

如果你也在那頭，以你的名字呼喚我。

＊《霍洛維茲一九六五年重返卡內基現場》（The Historic 1965 Carnegie Hall Return Concert）

世紀鋼琴巨匠霍洛維茲（Vladimir Horowitz）當年聲勢如日中天，每年舉辦的演奏會超過百場，但是大師卻在一九五三年停止演奏活動。十二年後，一九六五年五月九日，大師在卡內基音樂廳舉行獨奏會，奇蹟似地重返樂壇。

＊巴克豪斯（Wilhelm Backhaus，一八八四年三月二十六日—一九六九年七月五日）

德國鋼琴家，以演繹貝多芬、布拉姆斯作品出名，也是首位錄製蕭邦《練習曲》全集的鋼琴家。他的演奏充滿力度和鋼鐵般的柔情，有「鍵盤獅王」的美稱。

＊貝多芬《第十八號奏鳴曲》（Op.31 No.3）

貝多芬於一八〇二年夏天完成的降E大調鋼琴奏鳴曲。本曲與同作品編號的第十六號及第十七號為同時期作品。此時的貝多芬正飽受耳疾的痛苦，相較於前作第十七號《暴風雨》的陰沉和宿命，本曲流露出朝陽般的青春色彩，也綻放了希望的光芒。

＊舒曼《幻想曲》（Fantasie，Op.77）

舒曼於一八三六年創作的鋼琴獨奏曲，並題獻給李斯特。它是舒曼最傑出的鋼琴獨奏作品之一，體現了浪漫主義的靈魂。

＊穆索斯基《展覽會之畫》（Pictures at an Exhibition）

一八七四年六月，穆索斯基（Modest Murssorgsky）寫下鋼琴組曲《展覽會之畫》，其靈感來自一次畫家好朋友哈特曼（Victor Hartmann）的畫作展覽會。本曲中分為漫步、侏儒、古堡、杜樂利花園、牛車、雛雞之舞、窮富猶太人、市集、墓窟、女巫的小屋、基輔城門十段。其中的「漫步」穿插於全曲，加強了作品的整體性。

＊柴可夫斯基《四季》（The Seasons，Op.37a）

俄羅斯作曲家彼得·柴可夫斯基（Pyotr Ilyich Tchaikovsky）創作的一套十二首鋼琴短曲。每首小品都譜寫俄羅斯一年中不同月份之美。

這個世界
無論如何
都需要一首好歌

代後記

二〇一九年美國洛杉磯的地鐵，有位女街友一手扶著推車，一手掛滿袋子。原本是再平凡不過的日常風景，女街友卻開口唱起歌來。仔細一聽，竟然是普契尼歌劇詠嘆調《親愛的爸爸》！

這名女街友的名字叫艾蜜莉・扎莫卡（Emily Zamourka），而這一幕動人的場景，剛好被巡邏路過的警察錄下，並在「洛杉磯警察局」官方推特帳號上分享。

「假如一棵樹在森林裡倒下而沒有人在附近聽見，它有沒有發出聲音？」哲學家貝克萊這麼問。我不知道這個哲學問題的答案，但我知道艾蜜莉・扎莫卡優美的歌聲，倘若沒有被錄下，或許將永遠被淹沒在歷史的洪流裡。

原來艾蜜莉・扎莫卡背後有個令人鼻酸的故事。

像許多追求美國夢的移民一樣，一九九二年艾蜜莉來到此地實現她的藝術抱負，不幸生了場大病。沒有健保，龐大的醫藥費成了艾蜜莉肩上的重擔，最終迫使她只能在街頭拉小提琴為生。

當代知名小提琴巨星約夏．貝爾，曾經在地鐵做過一個知名實驗。約夏在地鐵拉琴給路過的人聽，結果幾個小時過去了，幾乎沒有人停下來。如果連巨星拉琴的結果都是這樣的慘澹，那麼沒有名氣、身體更因疾病而瘦弱疲乏的艾蜜莉，一整天街頭賣藝所賺取的微薄薪水，也不可能使她溫飽。

雪上加霜的是，艾蜜莉賴以維生的小提琴在二〇一六年遭竊。那把小提琴價值一萬美金，並非內行人心中的寶貝，更非史特拉底瓦里名琴，卻是艾蜜莉所有的希望，點燃她漫漫黑夜的最後一道光。

艾蜜莉失去了一切，窮得連房租也交不出來，最後淪落街頭。

縱使生活如此困頓，生命再也不可能出現曙光，艾蜜莉的底心仍是那樣的溫柔。沒有人的時候，她會放膽高聲地唱，唱那些生命的感傷，也唱那些苦澀的心酸和可能的甜蜜。

而這一次，她唱的《親愛的爸爸》被意外地錄下了。

艾蜜莉．扎莫卡不知道，隔天醒來，她已經成為網路上最知名的超級現象。一夕之間，「地鐵中的聲樂家」故事傳遍全美國，感動了無數人。

有人光是聽見她的歌聲，就感動得眼淚奪眶而出。而更多人則是在知道她那悲傷的故事之後，決心幫她做些什麼。

熱心的民眾為她募款，希望能夠幫她找到住所，並為她購買了一把價值超過八萬美元的新小提琴。

就在此時，艾蜜莉獲邀前去為聖派卓區的小義大利開幕獻唱。金牌唱片製作人戴蒙（Joel Diamond）甚至邀請她參與新的錄音專輯（最後因故沒有完成合約）。

偉大的披頭四在〈Eleanor Rigby〉曾經這樣唱著：

Ah, look at all the lonely people　看哪，這些孤獨的人們
Ah, look at all the lonely people　看哪，這些孤獨的人們
All the lonely people　這些孤獨的人們
Where do they all come from?　他們究竟從何而來？
All the lonely people　這些孤獨的人們啊
Where do they all belong?　他們又終歸何處？

寂寞使人發狂，而愛讓人找到回家的路。

唱著歌，唱著愛，永遠要相信，生命在下一個轉角永遠有奇蹟，哪怕此刻的自己，早

已千瘡又百孔。

哪怕生命殘破不堪。

胖卡咖啡館就要打烊，臨走前，如果願意，何妨再多喝一杯咖啡，再多聽一首我為你準備的歌，李歐納．柯恩的〈Anthem〉，然後一起聽懂他那句美麗得讓人心碎的祈禱：

「萬物皆有裂縫，那是光照進來的方式」。

§

謹以本書獻給我最愛的你，願你風風雨雨的日子都歸平順，憂傷的靈魂在愛裡獲得滋養。

世界再大再寂寥，有音樂的地方就有希望。

漫漫長夜，瓦力的胖卡咖啡館也會在這裡等待著你。

永遠等你。

VQ00069

胖卡咖啡館，獻給不需要這世界的你

時報文化出版公司成立於一九七五年，並於一九九九年股票上櫃公開發行，於二〇〇八年脫離中時集團非屬旺中，以「尊重智慧與創意的文化事業」為信念。

作　　者　瓦力
主　　編　林潔欣
企劃主任　王綾翊
封面設計　比比司設計工作室
內頁排版　游淑萍

總 編 輯　梁芳春
董 事 長　趙政岷
出 版 者　時報文化出版企業股份有限公司
一〇八〇一九　臺北市和平西路三段二四〇號三樓
發行專線　（〇二）二三〇六—六八四二
讀者服務專線　〇八〇〇—二三一—七〇五．
（〇二）二三〇四—七一〇三
讀者服務傳真　（〇二）二三〇四—六八五八
郵撥　一九三四四七二四　時報文化出版公司
信箱　一〇八九九臺北華江橋郵局第九九信箱
時報悅讀網　http://www.readingtimes.com.tw
法律顧問　理律法律事務所　陳長文律師、李念祖律師
印　　刷　勁達印刷股份有限公司
一版一刷　二〇二五年一月三日
一版三刷　二〇二五年一月二十四日
定　　價　新臺幣三百八十元

胖卡咖啡館，獻給不需要這世界的你 / 瓦力著 . -- 一版. -- 臺北市：時報文化出版企業股份有限公司, 2025.01
面；　公分
ISBN　978-626-419-047-3（平裝）

863.57　　　113018059

ISBN　978-626-419-047-3
Printed in Taiwan